KB109768

욥의 노래

세계시인선

3

욥의 노래

김동훈 옮김

אִיוֹב

일러두기

1   번역은 히브리어 BHS(Biblia Hebraica Stuttgartensia, 1997년 판)을
저본으로 하여 직역을 우선으로 하고, 표현상 독자가 의미 파악이 힘들다
여겨질 때는 희랍어 번역본인 Septuaginta(1979년 판)와 라틴어 번역본인
BSV(Biblia Sacra Vulgata, 1994년 판)를 참고하여 의역하였다. 그러나
가능한 한 히브리어 문장과 단어의 의미를 살리려고 했다.

2   각 장의 소제목은 내용 안에 있는 문구 중 전체 내용 파악에 도움이 되는
문장으로 잡았다.

3   각 장의 절 묶음은 내용에 따라 구분했다.

4   히브리어 '스올'은 '죽음(의) 세계'로 번역하되, 짧은 음절이 필요할 때는
'음부'로 번역했다.

5   히브리어 '엘로힘'은 '신'으로, '야훼'는 '주'로 번역했다. 신에 대해서 욥이
2인칭 단수로 칭할 경우에는 '님'으로 번역했다.

6   전체 구조를 이해하는 데 도움이 되도록 각 장에 부제를 넣었다. 이
작품의 구조는 "(친구들의) 충고-(욥의) 항변-신을 향한 (욥의) 탄원"이
반복된다. 하지만 엘리바스의 충고 두 번째 사이클부터 탄원이 사라지고,
세 번째 사이클에서는 소발의 충고가 사라진다. 그리고 친구와 욥이 말을
주고받게 되는데, 이것은 법정 공방의 형식과도 같다. 이때 친구들의
말을 무엇으로 규정할지 고민하게 되는데, 보통 충고, 고발, 조언, 훈계로
해석된다. 법정 형식으로 볼 때는 '고발과 변론' 내지는 '고발과 항변'이
좋겠지만, 친구들이 욥에게 말하는 의도가 고발보다는 위로의 동기에서
시작되었기 때문에 '충고'라고 붙였다.

인간은 왜 고통을 겪어야 하는가? 자신이 초래하지도 않은 비극적인 결과 앞에서, 이해할 수 없는 고난 앞에서 우리는 절망 속에 허우적거리며 합리적인 이유를 찾아보기도 하고, 하늘을 향해 소리쳐 원망해 보기도 한다.

처음엔 동정을 보내는 친구와 가족이 공감해 주는 것 같지만, 훈계랍시고 하는 이들의 조언은 점차 알량한 비난으로 변질된다. 그 누구도 나의 고통을 위로해 줄 수 없다. 그래서 인간은 모두 혼자다.

『욥의 노래』는 철저한 외로움을 통과하며 비극에서 의미를 찾고 존재론적인 위기를 극복해 나가는 한 인간의 분투를 보여 주는 히브리 시문학의 정수다. 또한 서양문학 전통에서 '이유 없는 고통'이라는 매력적인 모티프를 제공한 위대한 서사시다.

차례

1   적신으로 저만치

욥의 경건

〔1-5〕

한 사람 우스 땅에 있어 그 이름 욥이요,
진실무위(眞實無僞)하고 신을 경외하며 악을 떠난 자였다.
그에게 아들 일곱, 딸 셋이 있고,
그 소유는 양이 7000, 낙타가 3000, 겨릿소가 500쌍,
암나귀가 500마리이며, 종도 퍽 많아서 동방의 아들 전체
중에 제일 부자였다.
아들들 생일날에 집에 모여 잔치하니 세 누이도 함께
불러 먹고 마시다가
잔치 끝나면 욥은 자식들 불러 정결케 하는데, 아침 일찍
눈을 떠서 명수대로 제물을 태워 올렸다. 자식들 흉물 떨며
행여 신을 흉볼까 봐 욥은 매일 그렇게 했다.

〔6-12〕

어느 날 신의 아들들 주 앞에 섰는데, 그들 중 사탄도
왔다.
"어디서 온 길인고?" 주님 사탄에게 묻자, 사탄 주께
대답했다. "산지사방 돌아왔소."
주님 사탄에게 말했다. "내 종 욥을 유념하였느냐?
이자처럼 진실무위하고 신을 경외하여 악을 떠난 자 세상에
없어라."
사탄이 주께 대답했다. "욥이 거저 신을 경외할까?

주님이 그와 그 집, 그의 전부, 그 손의 온갖 일에 울타리
둘러 그 소유를 땅 멀리 퍼지게 하심 아닌가?
당신 손을 펴 그의 전부를 치소서, 그리하면 면전에서
모욕할 것이외다."
주님 사탄에게 말했다. "그러면, 네 손을 펴 그의 전부를
치되 욥만은 절대 안 된다, 안 된다." 사탄은 주의 면전에서
나갔다.

〔13-20〕

어느 날 그의 아들 딸들 맏형 집에서 음식 먹고 술
마시니
심부름꾼이 욥에게 와 말하였다. "소는 밭 갈고 나귀는
옆에서 풀 뜯는데
스바 사람들 몰려들어 가축 떼를 약탈하고 종들 향해
칼을 내꽂으니 나만 혼자 피했지요, 당신 위해 전합니다."
아직 그가 말하는데 또 한 사람 들어와서, "천공에서
신의 불이 가축 떼와 종들까지 삼켰어요. 나만 혼자
피했지요, 당신 위해 전합니다."
아직 그가 말하는데 또 한 사람 들어와서, "갈대아
사람 세 무리가 달려들어 낙타 떼를 빼앗았습니다."라고
말하였다. "종들 칼로 내리칠 때 나만 혼자 피했지요. 당신
위해 전합니다."

아직 그가 말하는데 또 한 사람 들어와서, "당신 소생 장자 댁에서 음식 먹고 술 마실 때,
광야에서 세찬 바람 집 모퉁이를 휘몰아쳐, 그 집 속의 젊은이들 죽었습니다."라고 말하였다. "당신 위해 전하고자 나만 혼자 피했지요."
욥, 일어나 옷을 찢고 삭발했다.* 그리고 땅에 엎드려 예배했다.

〔21〕

그리고 입을 열어 말했다.

"적신으로 나왔도다
내 애미 자궁에서
나는 간다 적신으로 저만치

주신 분도 주님이요
거두신 분도 주님이니
찬양하리 주의 이름"

〔22〕

욥은 이 전부로 흉물 떨지 아니하고 신을 향해 흠도 보이지 않았다.

• 고대 중동에서 슬픔을 표현하는 방법으로 옷을 찢었다.

2 　사금파리 시린 끝으로

욥의 고난

〔1-6〕

어느 날 신의 아들들 주 앞에 섰는데, 그들 중 사탄도 주 앞에 있었다.

"어디서 온 길인고?" 사탄에게 주님 묻자 사탄 주께 대답했다. "산지사방 돌아왔소."

주님 사탄에게 말했다. "내 종 욥을 유념하였느냐? 이자처럼 진실무위하고 신을 경외하며 악을 떠난 자, 천지 세상에 없구나. 욥을 삼키고자 나를 꼬셨으나 그는 여전히 성결을 지켰다."

사탄 주께 대답했다. "가죽은 가죽으로, 목숨은 모든 소유로 지불할 수 있지요.

그러나 당신 손을 펴서 그의 뼈와 살을 치면 면전에서 모욕할 것이외다."

주께서 사탄에게 말했다. "그러면, 네 손에 맡기니, 그 목숨만은 유지하라."

〔7-13〕

사탄 주의 면전에서 나가 욥을 치니, 악성 발진이 발끝에서 정수리까지 가득했다.

욥, 사금파리 시린 끝으로 상처 주위 긁고 긁어 재 가운데 홀로 앉자

그의 아내 말했다. "여전히 성결 지키겠소? 신을 흉보고

차라리 죽으라."

　그의 남편 말했다. "의뭉 떠는 여자 같군. 복 주께
받았으니 재앙이라고 받지 못할까." 이 전부로도 욥은 그
입술에 흉물 떨지 않았다.

　욥의 친구 세 사람이 온갖 재앙 듣고서 각처에서 왔으니,
엘리바스(데만 사람), 빌닷(수아 사람), 소발(나아마 사람)이
조문하고 위로하러 모이기로 약속했다.

　눈을 들어 멀리 본즉 욥을 알기 어려워 소리 높여 울며
불며 본인들 옷을 찢어발기고 하늘 향해 티끌 날려 머리
위로 덮어쓰고

　땅에 앉자 욥과 함께 이레 밤낮 입 못 떼니 그 비참함을
보았기 때문이다.

3 그날은 캄캄하라

욥의 한탄

〔1-19〕

침묵 후 욥 말문 열어 자기 날을 저주했다.

욥이 읊었다.

내가 태어났던 날뿐 아니라 사내 배었다던 밤도 없어지라.

그날은 캄캄하라. 그날을 위에 계신 신도 찾지 마시라.
그날을 빛은 비추지 말라

그날을 흑암이, 사망의 그늘이 속박하라. 그날을 구름이
덮어 버려라. 그날을 어둠으로 무섭게 하라.

그 밤을 칠흑아 삼켜 다오. 그 밤은 해의 날과 달의 수에
끼지 마라.

아, 그 밤은 불임이 되다오. 그 밤에 탄성도 없어져라.

그 밤을 저주하라. 낮의 저주자들이여! 바다뱀을
흥분시킬 준비가 된 자들이여!

그 밤에 새벽별들은 캄캄하라. 그 밤은 새벽을
기다리라지, 그러나 아무 변화 없이 여명의 가녀린 눈썹도
보지 마라.

그 밤이 내가 속한 자궁 문 닫지 않았기에 나의 이 눈에
고난 숨기지 않았다.

왜 나는 태에서 죽지 않았을까? 자궁에서 나와 숨통이
끊어졌다면……

양 무릎 어찌 나를 기다렸나? 왜 젖가슴 있어 내가
빨았던가?

나 이제 누워 고요히 잠들었을 때, 내게 쉼 있을 것을……
황량한 터 일으켰던 이 땅의 제왕들, 책사들 함께,
금 가득히 은 수북이 집 채운 군주들과 나란히
감춰진 낙태아처럼, 빛 못 본 갓난애처럼 왜 죽지
못했던가.
거기 해코지하는 자도 근심 주지 않고, 거기 억압에 지친
자도 쉴 수 있는 곳
간힌 자 더불어 안심하고 압제자의 윽박 소리 듣지 않아
작은 자 큰 자 모두 있건만 종이 상전에게서 벗어나는 곳

〔20-26〕

왜 한 많은 인생 빛을 주고 쓰라린 목숨 살게 하는가?
죽음을 갈망하되 죽음은 오지 않고 감춰진 보물 찾아
땅을 파 뒤집듯
묻힐 곳 찾으면 환희에 차 반가워 기뻐하는데
갈 길 잃은 사내를 신께서 가두신다.
앞에 밥을 놓고도 한숨 나오니 나의 통곡 물같이 쏟아진다.
겁먹고 무서운 일 내게 닥치고 숨죽여 소스라칠 일 내게
왔다.
내게는 편함도 고요함도 쉼도 없는데 불안만이 도사리고
있다.

4 해악을 뿌리는 자는 그대로 거두지
엘리바스의 충고 1

〔1-11〕

데만 사람 엘리바스* 대답했다.

누군가 말을 걸면 자네 짜증 나겠지? 하지만 누가 말을
안 할 수 있겠나?

이봐, 자네 많은 사람 교훈했고 약자 손 든든케 했지.

넘어진 자들 일으켜 격려했고 꿇어앉은 자들 무릎에 힘
보태었지.

이제 자네가 당하니 싫증 내고, 막상 자네가 맞으니
떠는구나.

자네 신앙은 경외에 있고 자네 바람은 정도(淨道)에 있지
않았는가?

제발 생각해 보게, 죄 없이 망한 자 누구던가? 정직한 자
망하는 법 어디 있던가?

내 보아하니, 부정을 밭 갈아 해악을 뿌리는 자는 그대로
거두지.

그는 신의 입김에 사라지고 그 콧김에 닳는다네.

사자의 부르짖음과 힘센 사자의 포효도, 어린 사자의
이빨도 으스러지네.

강한 사자도 기진하여 죽고, 새끼 사자들은 흩어진다네.

---

* 히브리어로 '엘리바스'는 '신은 순금이다'라는 뜻이다.

어떤 말 내게 돌연 임해 그 속삭임 내 귀에 쟁쟁하니
사람들 깊이 잠든 밤 환상 보여 씨름할 때
몸서리치는 공포 나를 휘감아 내 삭신 떨리는데
내 앞에 바람이 스치자 내 살갗 털은 곤두서고
뭔가 서 있어 그 모양 분간 못해도 한 형상 눈 앞에 있자
진동하는 소리 있었다.
"죽을 인생, 신 앞에 의로우랴? 대장부가 조물주에
정당할까?
자, 신께서 그 종들 믿지 않고, 사신들도 허물 있다 하니
그들은 흙 장막에 거하고 티끌로 터 삼다가 날벌레처럼
눌려 죽는다.
아침부터 저녁까지 바스러져 영영 스러지되 알아주는 이
없어라.
장막이 그들에게서 옮겨지지 않겠는가? 그들은 지혜 없이
죽어 가리라."

5 간사한 자 제 꾀에 빠지고
엘리바스의 충고 1

〔1-7〕

소리쳐 보게, 대꾸할 이 있을까? 자네는 거룩한 무리 중 누구에게로 향할 건가?

분통은 미련한 자 죽게 하고, 질투는 유혹된 자 살해하네.

보아하니 미련한 자 뿌리 내리길래, 나는 당장에 그곳 저주했네.

그 자식들 안전과는 거리 멀고 문에 깔려 있건만 구하는 자 없더라.

그가 심었는데 주린 자가 삼키고 곡식단 빼앗으며 목마른 자 그 소유에 군침 삼킨다네.

괴로움은 티끌에서 생기는 게 아니요, 고통은 흙에서 싹트는 게 아니라네.

고난은 사람 스스로 낳은 것이고 역병은 위에서 날아오는 거라네.

〔8-16〕

나라면 신을 찾아 내 문제를 신 앞에 내놓겠네.

신은 측량할 수 없는 위대한 일과 기이한 일을 셀 수 없이 행하시지.

그분은 땅에 비를 내리시며 지면에 물을 쏟으시네.

낮은 자를 높이시고 울적한 자 안전한 곳에 일으키시지.

교활한 자의 꾀를 꺾어 그 손으로 성공하지 못하게 하며

간사한 자 제 꾀에 빠지고, 약삭빠른 자의 조언은
급조되게 하시네.

이들은 대낮에도 어둠을 만나고, 한낮에도 밤중인 양
더듬대지.

하지만 신은 저들 입의 칼날에서, 고집 센 자의
손아귀에서 약한 자를 구하시네.

약한 자에게 희망 있으니 불의는 스스로 함구할 뿐이네.

〔17-27〕
여보게, 신이 꾸짖는 자 행복한 것이네. 전능자의 교훈을
무시하지 말게.

상하게도 하지만 싸매기도 하시고 때리기도 하지만 그
손으로 낫게도 하시네.

여섯 재앙에서 구하시며 일곱 번째 재앙도 손 못 대게
하시네.

기근 중 죽지 않게 베푸시며 전쟁 중 칼에서 구하실
것이네.

혀의 난장(亂杖)에서 숨을 수 있고 파괴가 도착해도 겁낼
필요 없네.

황폐와 굶주림을 비웃을 것이며 들짐승도 겁내지 않을
것이네.

자갈밭이 자네와 계약 맺고 들짐승도 화친할 것이네.

알고 있듯 거처 안전하고 소유의 가축 보아도 잃은 것은 없을 것이네.

알고 있듯 씨도 많이 늘어 자식은 땅의 잡초 같다네.

수명 다해 무덤 속 들어가니 제철 곡식단 타작마당 가듯 하네.

자, 우리가 살펴본 것은 이와 같으니 유념하게나! 자네를 위한 것임을 알게나.

6 절망한 자 말은 바람에 불과한데
욥의 항변 1

〔1-7〕

욥이 대답했다.

아, 내 원통함 달아 보고 이 불행 저울질할 수만 있다면

뱃사장 모래보다 더 무거울 것이라 감히 말한다.

전능자의 독화살 단단하게 내게 박혀 그 독이 내 영
마시더니, 두려움 엄습했다.

풀이 있는데 들나귀 울겠으며 여물 있는데 황소 음매
할까?

싱거운데 소금 없이 먹겠으며 당아욱즙 맛있겠나?

내 영혼 대기도 싫으니 메스꺼운 음식 같았네.

〔8-13〕

내 청 이뤄지길, 내 원 신께 허락되길!

신의 손 들어 내리누르고 나의 숨통 끊어 버리길!

그래야 위로되리라, 심지어 발버둥치며 기뻐하리라. 나는
거룩한 이의 뜻을 감추지 않았다.

내가 무슨 힘으로 버티며 내 끝은 어떻기에 이 목숨
부지할까?

내 힘이 돌멩이 같을까? 이 몸뚱이 무쇠 같을까?

내 속엔 아무런 힘도 없고 갖은 도움 내게서 쫓겨났다.

친구는 동정을 사양할 줄도 신이 무서운 줄도 모른다.

형제는 개울처럼 줄기차지 않고 그 물살마냥 멀찌감치

사라진다.

개울은 얼어붙어 검어지고 그 위로 눈만 소복하다.

때가 되면 아지랑이로 녹아 그 열기에 자국마저 없어지고

길 벗어나 흐르다가 거친 땅에 자취마저 감춘다.

물줄기 데마* 장사치가 찾고, 스바 길손들도 원하지만

거기에 이르러서야 기대한 것 부끄러워 어쩔 줄 몰라

한다.

자네들이 내게 그러하니, 너희의 끔찍함에 겁이 난다.

내가 간청하여 나를 위해 너희 능력으로 뇌물을 써달라

말한 적 있는가?

적의 손아귀에서 구하고, 질겁한 일에서 나를

속량(贖良)해 달라 한 적 있는가?

〔24-30〕

알려 주게, 내가 잠잠하리니 내 잘못 무엇인지 가늠케 해

주게.

---

* 데마 지역에는 아라비아를 통과하는 무역로가 있던 것으로 추정된다.
「이사야」 21장 14절 참고.

당연한 말이 얼마나 괴롭게 하는가, 그런데도 무엇을
책잡으려 하는가?

절망한 자의 말은 바람에 불과한데, 내 말 갖고
책잡으려는 겐가?

너희는 고아를 제비 뽑고 친구마저 흥정하는 자들이다.

흔쾌히 내게 얼굴 돌리게. 나는 너희 얼굴에 거짓말하지
않겠네.

돌이켜 내게 불의한 행동 없게 하게. 돌아서서 돌이키게.
나의 정직은 아직 그대로 있다네.

내 혀에 부정이 있는가? 내 입이 거짓을 분간 못
하겠는가?

7 인생은 강제 징용

신을 향한 욥의 탄원 1

〔1-10〕

지상의 인생은 강제징용, 그날들은 노역입니다.

땅거미 고대하는 머슴처럼, 품삯을 소망하는 품팔이마냥

허송세월 보내고 쓰린 밤만 내게 남았습니다.

누우면 언제 일어날까, 언제 밤이 지날까 하여 새벽까지
이리 뒤척 저리 뒤척

내 살은 구더기와 딱지로 뒤덮여 살갗은 터져
문드러졌지요.

날들은 베틀북보다 재빨리 지나가니, 어떤 실밥도 남지
않고 그저 끝나네요.

내 생명 한낱 바람임을 기억하소서. 내 눈은 좋은 것 다시
보지 못하겠지요.

나를 본 자, 눈은 더 이상 나를 볼 수 없고 당신의 눈이
나를 향하신들 나는 이미 없겠지요.

죽음의 세계로 나아가는 자, 구름이 떠다니다 사라지듯
다시는 올라올 수 없겠죠.

제 집 다시 돌아오지 못하고, 살던 곳도 더 이상은 그를
알지 못해.

〔11-21〕

함구할 수 없으니, 내 영 섦고 맘 괴로워 탄식할 뿐입니다.

내가 파도인가요? 바다 속 괴물인가요? 당신께서 왜 나를

가두십니까?

행여 침상이 나를 위로할까, 누우면 탄식 좀 줄어들까 할 때에

당신은 꿈으로 놀라게 하시고, 이상으로 몸서리치게 하십니다.

해골이 되느니 차라리 숨통 끊기는 죽음을 원합니다.

나는 포기합니다. 영원히 살지 못하니 나를 내버려 두십시오. 내 나날은 한낱 바람인걸요.

인생이 무엇인가요? 당신은 그 인생 대단히 여겨 사람에게 마음을 두셨지요.

당신은 아침마다 찾아오고 순간마다 시험하시지요.

내게서 눈도 떼지 않으시나요? 침 삼키는 동안이라도 나를 내버려 두실 수는 없나요?

내가 죄 지은들 당신께 무슨 해가 되나요? 왜 나를 표적으로 삼아 나 자신이 부담 되게 하십니까?

왜 주께서는 내 죄를 제하지 않으시나요? 내 죄악을 지나칠 수 없으신가요? 이제 내가 흙먼지 속에 누우면 당신께서 아무리 나를 찾아도 나는 거기 없을 것입니다.

8   신이 심판을 그르칠까
빌닷의 충고 1

〔1-7〕

수아 사람 빌닷*이 말했다.

자네는 언제까지 그딴 식으로 말하고 그 입의 말은
언제까지 성난 바람 같을 것인가?

신이 심판을 그르칠까? 전능자가 공의의 길에서 벗어날까?

만약에 말이야, 자네 자식들이 신께 그릇 행하여 그들이
잘못된 손에 맡겨진 것이라면,

자네가 신께 간절히 빌어 전능자에게 자비를 구했을
것이네.

만약에 말이야, 자네가 순결하고 정직하면, 이제 그분께서
자네를 일으키시고 의로운 거처를 회복시켜 주실 것이네.

자네의 처음은 작지만 끝은 매우 크게 될 것이네.

〔8-10〕

이제 제발 이전 세대에게 물어보게. 조상이 터득한 것을
잊지 말게.

우리는 어제에 속했지만 무지하며, 지상의 나날은
그림자에 불과하네.

조상들이 자네에게 가르쳐 주지 않았나? 그 마음에서
나온 말이 아니겠나?

---

* 히브리어로 '빌닷'은 '외침의 주인'이라는 뜻이다.

골풀이 늪이 아닌 곳에서 자라겠으며, 갈대가 물 없이
크겠는가?

아직 새싹이라 베지 않는 동안 다른 풀들보다 먼저 말라
버리네.

신을 잊은 모든 자의 길이 이와 같으니 신을 모독하는
자는 희망이 사라질 것이네.

기대한 것은 끊어지고 확신한 것마저 거미집 같다네.

자기 집에 기대어 살지만 세울 수 없고, 팽팽히 붙잡아도
서 있지 못하지.

그는 햇볕 받으며 물올라 정원에서 자신의 가지를 뻗으며

그 뿌리들은 돌무더기에 얼키설키 돌 사이로 들어가

자기 자리에서 뽑히면, 그 자리마저 '나는 너를 본 일이
없다.' 하고 속일 것이야.

여보게, 이것이 그 길의 즐거움이니 그 흙에서 또 다른
싹이 나올 것이네.

여보게, 신은 순전한 자 물리치지 않고 악인의 손을
강하게 하지 않으시네.

심지어 그분께서 자네 입에 웃음과 그 입술에 환성을
채우시지만

자네를 미워하는 자는 수치로 옷 입고, 악인의 장막은
사라질 것이네.

9　설령 내가 옳다 해도
욥의 항변 2

〔1-24〕

욥이 대꾸했다.

나도 그렇다는 것을 잘 안다네. 인생이 신을 상대로
의로울 수 있겠나?

인생이 신과 겨룰라치면, 천 마디에 한마디 말도 응하지
못하지.

그분은 마음이 지혜롭고 능력이 강하시니 누가 그분을
상대해서 평안할까?

산들을 옮겨도 산들은 그분의 진노로 인하여 뒤엎혔는지
알지 못하네.

그분이 땅을 자리에서 흔드시니 그 기둥이 진동하네.

해에게 말씀하시니 해가 뜨지 못하고, 별들도 가두신다네.

홀로 하늘을 기울이시며 바다 수평선을 밟으신다네.

큰곰자리와 오리온자리와 북두칠성과 남쪽에(의) 밀실을
만드시며

파헤칠 수 없는 큰일과 셀 수 없는 기적을 행하시지.

여보게, 그분이 내 곁을 스쳐 가도 볼 수 없고 나를 뚫고
가도 알 수 없다네.

여보게, 그분이 강탈(强奪)해도 다시 찾을 자 누구이며,
그분께 무엇 하시느냐고 물을 자 누구인가?

교만방자하던 자들이 그분 아래 조아려도 신께서 분노를
삭이지 않으시니,

나인들 그분께 어찌 대꾸할 수 있으며 그분과 더불어 할
말을 택할 수 있겠는가?

설령 내가 옳다 해도 대답하지 못하고 심판자에게 애원할
뿐이네.

설령 내가 부르짖어 그분께서 응답하셔도 나의 소리에 귀
기울이셨다고 나는 생각지 않네.

그분께서 폭풍으로 나를 짓누르고 이유 없이 상처를 크게
내시며

숨통 트이게 허락 않으시고 쓰라림만 가득 안겨 주셨네.

능력에는 그분이 강하시더라도, 여보게, 재판에는 누가
나를 소환하겠는가?

만약 나 옳다 하면 내 입이 나를 선고하고, 완전하다 해도
내 입이 나를 비틀 것이네.

내 비록 완전하다 하나 내 목숨 알지 못해 내 생명마저
천대한다네.

어느 것이나 동일하니, 선인과 악인의 끝장은 그분에게
달렸네.

재앙이 죽음을 돌연 몰고 와 깨끗한 자들 시련당해도 그
분은 웃으실걸세.

땅이 악인의 손에 넘어가 판관들의 얼굴을 가리셨으니
그분 아니면 누가 그러시겠나?

내 날들은 뛰는 사람보다 더 빨리 내달리니 좋은 것도 볼
수 없고
　이날들은 스쳐가니 조각배*와 같고 먹잇감 위로 덮치는
독수리 같다네.
　탄식 잊고 얼굴 꾸며 웃어 보자 다짐하나
　온갖 근심 겁이 나니 부정하게 나를 보는 까닭이지.
　어차피 악하다면, 무엇하러 수고할까?
　눈 녹여 내 몸 씻고 잿물로 손 닦아도,
　그때 자네, 웅덩이에 나를 처넣어 걸친 옷마저
싫어할걸세.
　그분은 나와 같은 사람이 아니기에 대꾸할 수도, 법정에
함께 갈 수도 없으며
　둘 사이엔 중재자도 없고, 둘을 위해 손 올릴 자도 없다네.
　그분 채찍 나에게서 거두시고, 그분 공포 나로부터
없어지면
　두려움 접고 말할 수 있겠지, 하지만 그것은 내게
불가능한 일.

---

* 히브리어로 빠른 배, 또는 갈대로 만든 배를 말한다. 이 배는 나일강 근처
갈대로 만들었는데, 매우 빨랐기 때문에 이집트인들과 에티오피아인들이
자주 사용했다.

10 한 줄기 빛 비추어도 캄캄할 뿐
신을 향한 욥의 탄원 2

[1-13]

생명 살기 지겨워서 저의 탄식 남기리니 제 맘 고통
말하리다.

신께 전부 고하오니 저를 비난 마옵시고 저를 맞서
겨루시는 이유 알게 하옵소서.

님의 손이 지으신 것을 학대, 냉대하시는 것, 악인들의
아첨에도 더욱 빛을 비추는 것, 그것이 좋은가요?

육신의 눈 님에게도 붙어 있단 말인가요? 한눈팔듯
이것저것 보고 있단 말인가요?

님의 날들 사람 날들, 님의 나이 사내 나이 어찌
같을까요?

진정 님께선 저의 죄를 찾아내어 저의 죄과를 밝히신단
말인가요?

님은 제가 악하지 않다는 것과 님의 손에서 구할 자
없다는 것 아시면서

님의 손이 지으시고 저의 배경 조성하시곤 이제 와서
외면하고 저를 통째 삼키십니다.

부디 저를 진흙으로 만드신 것 잊지 마십시오. 저는 지금
흙먼지로 변해 갑니다.

저를 젖같이 녹아나게 하시다가 치즈처럼 엉겨붙게
하십니까?

님께선 제게 살갖 입히시고 뼈와 힘줄 얼키설키 두르시고

생명 인애 제게 주시고 배려하심 제 호흡을 가만가만
살피셨지요.
　이런 것들 님은 마음 안에 고이 숨기셨지만, 님 속 그
마음을 헤아릴 수 있습니다.

　　　　　　　　　　　　　　　　　　　　　〔14-22〕
　죄 지으면 님께서 저를 보고 계시오니 님께선 죄 때문에
온전하다 저를 칭찬 않으시죠.
　설령 제가 악하다면 화가 제게 미치지만, 선하여도 제
머리 들 수 없으니 욕먹어 배부르고 고통 보는 까닭이죠.
　사자처럼 살벌하게 저를 사냥하시지만 제게 다시 님은
기적 보이실 것이죠.
　님께선 제 앞에서 증인들을 바꾸시며 님의 진노 더
하시니 교체 병력 보내시듯 하시죠.
　모태에서 왜 빼내셨나요? 숨통 끊겼으면 어떤 눈도 나를
보지 못했을 것을……
　무(無)처럼 되어 태에서 무덤으로 옮아갔을 것을……
　살 날들이 얼마 남지 않았겠죠? 이제 그만 내버려두어
잠시라도 기뻐하게 허하소서.
　돌아오지 못하는 곳, 어둠과 죽음, 그 그늘로 가기 전에
　어둠의 땅, 그 어둠은 죽음 그늘 같았기에 정돈되어 있지
않고 한 줄기 빛 비추어도 캄캄할 뿐 적막하죠.

11 자네 손에 거짓 있어
소발의 충고 1

〔1-6〕

나아마 사람 소발*이 대답했다.

많은 말이 있었는데 대답할 말 없겠는가? 사람 입을
놀린다고 그 사람이 옳겠는가?

자네 허풍이 사람으로 침묵하게 하겠으며 자네 거만한
언행이 욕하는 자 부르지 않겠는가?

"내 교훈은 정갈하고 주님 눈에 나는 깨끗하다."라고
말하였지, 자네.

그렇다면, 신도 옳다 말씀하시고 네게 입을 열어야만 할
것인데.

감춰진 뜻 네게 계시하셨어야 할 것인데. 그분 지혜
양쪽에 있어 자네 죄악 일부 잊게 하셨음을 기억하게나.

〔7-20〕

신께서도 살피시고 있다는 것 알겠는가? 전능자의
완벽함을 자네 정말 알 수 있나?

하늘보다 높으시니 자네가 무엇할 수 있겠으며, 나락보다
깊으시니 자네 무엇 알 수 있겠나?

그분의 옷깃마저 온 땅보다 기다랗고 바다보다 널따랗다.

그분이 다니시며 투옥하고 재판하면 누가 그분 돌이킬까?

---

* 히브리어 '소발'은 '참새'라는 뜻이다.

거짓된 사람들을 전부 다 아시는데 거짓을 보시고도
식별하지 못하실까?

거짓된 사람이 마음만 가진다면 나귀 새끼 중 사람 난 것
진배없다.

맘이라도 잡았다면 그분 향해 손 내밀게.

자네 손에 거짓 있어 자네 집에 부정 없게 그것 집어 멀리
버리라!

그때 자네 수치 없는 얼굴 들어 고백하면 두려움도
사라지리.

고생조차 잊을 테니 물이 흘러가 버리듯 훌훌 털고
생각하리.

자네 인생 한낮보다 밝아져서 어슴푸레한 것조차
여명처럼 될 것이네.

진정 소망 있으리니 안전하고 편안한 곳 찾아 누워 보게.

누워 있는 자네에게 아무도 겁 못 주고 뭇사람이 자네
얼굴 구하고자 할 것이네.

악인들은 눈 쇠하여 피난처가 안 보이고 그들 소망과
숨통은 끊기는 것뿐이라네.

12 친구들의 조롱거리
욥의 항변 3

〔1-6〕

욥이 대답했다.

너희만이 백성이면 그 때문에 지혜는 전멸하리.

너희 같은 마음 있어 부족함이 없다는데 어느 누가 그런 것쯤 모른다고 할 것인가?

찾는 사람마다 신은 응답하나 나는 친구들의 조롱거리, 올바르고 흠 없다고 조롱거리.

평온한 자 생각 무시하고 비틀대는 자 노려 준비하고 있구나.

약탈자들 집은 평안, 신을 분노하게 하는 자들은 안전, 신이 자기 손을 치우셨네.

〔7-12〕

야수에게 물어보면 들짐승이 가르치고 새들에게 물어보면 날짐승이 전해 주니

대지에게 말하는 자 거기서도 교훈받고 물고기도 설명할 게 있다는데

어느 누가 이 모든 것 알 수 없나? 주님 손이 이것 행하시고

모든 생물 목숨, 온갖 육신 생명 그 손안에 있네.

귀가 말을 입증하고 혀가 음식 맛보는데

노인에게 지혜 있고 장수한 자 총명 있네.

그분에게 지혜 권능, 책략 총명 있으시니.

이보게, 부수시면 짓지 못해, 묶으시면 풀지 못해.

이보게, 그분 만약 물 멈추면 메마르고, 물 보내면 땅 잠기네.

그분에게 재주 슬기, 매력 미혹 있으시니

책사들은 맨발바닥 판관들은 어리둥절,

왕들 맨 것 풀으시고 이따금씩 그 허리들 조이기도 하신다네.

제사장들 맨발바닥 되고 권력자들 뒤집고서

거만한 자 소리 막고 노인 속셈 빼앗는다.

귀족에게 망신 주고 용사 허리 푸신다네.

어둠 맨끝 들추시고 죽음 그늘 빛 밝히신다.

민족들의 흥망성쇠 열방들의 이산취합(離散聚合)

백성 대표 치우쳐서 거친 들에 길 못 찾고

한 줄기 빛 앞에 없어 어둠 속을 더듬으며 취객마냥 쩔쩔맨다.

13 너희 금언은 잡담이니
욥의 항변과 탄원 3

〔1-19〕

이보게들, 모든 것을 내 눈 보고 귀로 들어 깨달아서
너희만큼 나도 알고 너희 못지않다는데
전능자께 말씀드려 신께 변론하려 하네.
자네들은 거짓 꾸며 쓸데없는 의사라네.
소리 없이 있으면야 자네들은 현명할걸?
내 주장을 잘 듣고 내 호소에 귀 기울이게.
부정하게 신을 속여 말하려고 하는 건가?
신의 체면 세운 건가? 신을 위해 논쟁하나?
그분께서 시험하면 자네들은 좋겠는가? 사람들을
비웃듯이 그분을 비웃는 건가?
　슬그머니 신의 체면 살리려 할지라도, 그분께서 자네들을
책망하리?
　숭고하심이 그분께 넘쳐 두려움이 생기더니 그 두려움
자네들에게 엄습하지 않겠는가?
　너희 금언은 잡담이니 잿더미 같고, 성채일지라도
진흙으로 쌓은 것에 불과하네.
　다들 조용, 내가 이제 말하도록 하여 다오. 무슨 일이
생기든지 상관하지 않을걸세.
　뭣 때문에 굳이 입술* 깨물고 연연할까, 한낱 목숨?

---

* 원문은 '살'로 되어 있다.

여보게들, 죽이려고 하시는데, 바랄 것이 없지만은 내
사정은 따져 봄세.

불경한 자 그분 앞에 가기조차 힘들지만 이거라도 하는
것이 쓸모 있을 일이라네.

내 말 제발 들어 보게. 이제 내가 하는 말에 귀를 종긋
기울이게.

여보게들, 입증하니 나는 알지, 옳다는 걸.

논쟁할 자 누구인가? 고즈넉이 있으면서 숨이라도
가다듬세.

〔20-28〕

두 가지만 제게 하지 마시지요. 그러시면 님 앞에서 저는
숨지 않겠어요.

님의 찬 손 옮기셔서 겁에 질려 떨지 않게 하시지요.

부르세요, 제가 당장 대답하죠. 아니라면 부를게요, 그때
대꾸하시기를.

저의 잘못 허물, 얼마만큼 되는지, 잘못 허물 제발 알게
하시지요.

왜 이렇게 님의 얼굴 숨기시고 저를 대적하시나요?

낙엽같이 약한 저를 위협하고 검불마냥 마른 저를
다그치시죠?

저를 향해 괴로운 일 남겨 두고 젊어 지은 죄의 대가 받게

하니
　제 발목에 사슬 채워 제 가는 길 감시하고 발자국도
기억하죠.
　낡아빠져 터지고 좀 먹은 옷깃마냥 저는 늙어 간답니다.

14 생은 꽃망울마냥 툭 터져 시들고
신을 향한 욥의 탄원 3

〔1-6〕

여자에게 태어나서 날들 짧고 소란 가득
 생은 꽃망울마냥 툭 터져 시들고 고뇌는 음영처럼 뚫고
가나 잡을 수는 없지요.
 님은 눈을 들어 저를 보시겠죠? 법정으로 끌고가는
건가요?
 추한 것에서 고운 것, 누가 만들까요? 아무도 없지요.
 날들은 정해졌고 달수도 님께 있으며 관습조차
만드셨으니 생은 벗어나지 못하는 법.
 품팔이마냥 정해진 날 기뻐할 때까지 시선 돌려 그냥
내버려두시지요.

〔7-17〕

나무라도 바라는 건 베어져도 새순 돋아 전과 같이
끊임없이
 그 뿌리는 땅에서 늙고 나뭇등걸은 흙먼지로 죽어 가도
 물 냄새에 봉오리 펴, 심어 가꾼 식물마냥 여린 가지
만드는데
 사내라도 없어지니 끊긴 숨은 어느 곳에 있나요?
 물낯에는 아지랑이, 강물 줄어 황량한데
 인생살이 쓰러지면 일어나지 못하고서 하늘마저 없어질
때 깨어나지 못하네요.

저를 제발 나락 안에 감추시죠, 님의 진노 풀기까지, 정한
시간 주시고 저를 기억하시기를!
복무 연한 끝나기만 차례차례 기다리다 강한 용사
죽었다고 살아날 수 있는지요?
부르시면 답하리니 님 손으로 만드신 것 그리웁기
바랍니다.
이 순간 님께서는 제 발걸음 세시지만 저의 죄를
살피지는 않으시죠.
제 잘못 묶으시고 제 부정 박아 놓기 때문이죠.

〔18-22〕

무너진 산 닳아 없고 그곳 바위 옮기는데
바위 틈새 쏟아진 물 땅의 티끌 씻깁니다. 이와 같이 생의
끈도 님께서는 끊으시죠.
능력으로 이기시고, 얼굴 빛을 바꾸시니
그 자손들 존귀해도 그는 알지 못하고, 비루해도 알 수
없으니
제 몸 고통만으로 목숨 갖고 통곡할 뿐이죠.

15 악인은 평생 고난 가득
엘리바스의 충고 2

〔1-6〕

데만 사람 엘리바스가 대답했다.

현자라면 허풍으로 대꾸하며 그 뱃속에 샛바람을
채우겠나?

쓸데없는 말로 묻고 무익한 말 따지겠나?

자네 신을 경외 않고 신 앞에서 숙고조차 없군 그래.

자네 죄가 입을 끌고 간교한 자 혀를 취해

자네 잘못 말한 것은 자네 입, 나 아닐세. 그 입술이
대적하여 말한 걸세.

〔7-16〕

자네 가장 먼저 태어났나? 산들 있기 전에 출생했나?

신의 의도 자네 이해하나? 자네 홀로 가졌는가, 지혜?

자네 알고 우리 무엇 모른다고? 우리 무엇 분별하지
못한다고 말한 건가?

우리 중에 머리 센 이, 연만한 분, 자네 어른보다 어른
계신다네.

신의 위로 부드러운 말씀 자네에게 적은 건가?

어떤 것이 자네 마음 빼앗아 자네 눈을 부릅뜨게
하였는가?

자네 콧김 신께 뿜고, 자네 입에 그런 말이 나오게 할 수
있나?

사람들이 무어라고 깨끗할까? 여인에게서 나온 자가
의로울까?

거룩한 자 믿지 않고, 이보게나 하늘마저 그의 눈에
깨끗하지 않다는데

가증하고 타락하여 나쁜 짓을 단물처럼 마시는 자
어떠하랴?

〔17-35〕
자네에게 말할 테니 들어 보게. 내가 본 것 전할 테니.

현자들이 전했으니 자신들의 조상에게 넘겨받아 알려 준
것을.

그들 홀로 살던 땅에 이방인은 가운데로 건너가지
못했다네.

악인은 평생 고난 가득, 난폭한 자는 연수대로 살다 죽네.

귀엔 공포 맴돌았고, 그는 이제 평안해도 파멸자가 올
것이네.

어둠에서 재탈출을 믿지 않고, 칼날 숨어 기다리고 있네,
그를.

그는 음식 어디 있나 찾지마는 그의 손에 준비된 건
흑암의 날 알다마다.

환난 고통으로 두렵게 해 전쟁 준비 착수하는 임금처럼
압도하리.

이유인즉 그의 손을 신께 들어 전능자께 힘을 과시했기
때문,
　머리 들고 양각 방패 세워 놓고 달려들기 때문이라네.
　그의 얼굴 기름 번질, 허리에는 살이 한줌 붙었다네.
　훼파된 성, 돌무지로 사람 살지 못할 집에 거주하게 될
거라네.
　부자 되지 못해, 재물 쌓지 못해, 땅에 그들 소유 늘지
못해.
　암흑에서 못 떠나고 불꽃 새순 사르리니 결국 신의
입김으로 제거될걸.
　허무한 것 의지해서 치우치지 말아야지 그 보상도
종국에는 허무하기 때문이라네.
　그 날수는 차지 않고 가지들은 앙상하니
　익지 않은 포도처럼 떨어질 것, 올리브나무처럼 그
꽃들도 던져질 것.
　불경건한 모임들은 불모지가 될 것이고 뇌물 받은 자의
집은 불타리니
　기꺼이 그들 자궁 속아 괴롬 잉태하고 재앙 출산했다.

16 말해 봤자 이 아픔 줄어들지 않지마는
욥의 항변 4

〔1-5〕

욥이 대답했다.

누구라도 그런 말은 너도나도 많이 하지. 자네들은 아픔
주는 위로자로군.

바람 들은 소리에는 끝이 과연 있나 싶네. 자네 뭣에
자극받아 그딴 말을 하는 건가?

자네들이 내 처지면, 나도 그런 너희처럼 말을 늘어놓고
머리 저어 흔들걸세.

그렇지만 나는 말이야 내 입으로 세워 주고 내 입술로
위로할걸.

〔6-17〕

말해 봤자 이 아픔 줄어들지 않지마는 멈춘다고 무엇인들
달라질까?

지금 나를 그분께서 기진하게 하셨다네. 당신께서 내
식솔을 몰락케 하시고

나를 꼼짝 못하게 해, 초췌해진 내 모습만이 나를 변호할 뿐.

그분의 진노로 나의 적들 나를 찢고 미워하며 이를 갈며
날카로운 눈초리로 나를 쳐다본다네.

입을 벌려 조롱하고 내 뺨 치며 함께 모여 때린다네, 나를.

부정한 손아귀에 신이 나를 넘기셨고 악한 자의 손아귀에
던지셨네.

평온한 나를 꺾어 목덜미를 부여잡고 산산조각 부숴뜨려
과녁으로 삼으셨네.
화살이 사방에서 날아와 내 장부를 사정없이 파고드니
내 담즙이 땅바닥에 쏟아졌네.
그것이 갈기갈기 나를 찢고 또 찢으며 용사처럼 달려드니
베옷을 꿰매어서 맨살에 걸치고 흙먼지 속에 박힌 내 뿔
묻고
우는 얼굴 핏빛 되고 눈꺼풀은 죽음 그늘 덮였다네.
그렇지만 내 손에 폭력은 하나 없고 내 기도는
명징(明澄)할 뿐.

〔18-22〕

땅이여, 내 피를 숨기지 말기를, 내 통곡이 멈춰 서지
말기를!
이제 보라, 하늘에 내 증인이 계시니 나를 증언하실 분이
높은 곳에 계신다네.
친구들은 나를 조롱하네, 신을 향해 눈물 흘릴 뿐이라네.
그분께서 남자와 신, 사람의 아들과 친구 사이 중재하실
것이네.
몇 해 가면 돌아오지 못할 길로 갈 것이기 때문이네.

17 　칠흑 속에 나의 침상 펼치면서
욥의 탄원과 항변 4

〔1-2〕
　기운도 쇠하고 살날들도 다 가니 나를 위한 것은 무덤뿐.
　나를 조롱하는 자들 없었다면 좋을 텐데, 반감 속에 뜬
눈으로 밤 지새우네.

〔3-8〕
　부디, 님께서 내 보증인 되시지요, 손잡을 자 과연 누가
있을까요?
　저들의 마음을 총명에서 가리시고 저들을 높이지 말아
주세요.
　"제 몫을 챙기고자 친구 폭로하는 자는 자식이 눈멀지라."
　이 말이 저를 비유거리 되게 하고 사람들이 제 얼굴에 침
뱉네요.
　속상하더니 제 눈 침침하고 제 삭신도 칠흑 같아
보이지도 않고
　이 때문에 정직한 자 놀라네요, 순박한 자 불경하다 하니
화냈지요.

〔9-16〕
　바른 자는 자기 길을 따라가고 손이 깨끗한 자 더 힘을 낼
것인데,
　자, 댁네들은 다 돌아가라. 너희 중에 지혜 있는 자를

찾지 못하겠네.

　살날들이 다 지나고 내 계획도, 내 마음의 희망마저
찢어지니

　대낮으로 밤을 삼아 빚은 어둠과만 근친이네.

　음부 거처 되길 바라고서 칠흑 속에 나의 침상 펼치면서

　흙구덩이가 지아비라, 구더기가 엄마, 누이라고 부른다면

　희망, 대체 어디에 있는 거요, 어느 누가 나에게도 희망

품을까요?

　희망, 음부 내려가네 쓸쓸하게, 우리 함께 흙 속에서

안식하리.

18　화 치밀어 자기 자신 파멸한 자
빌닷의 충고 2

〔1-4〕

　수아 사람 빌닷이 대답했다.

　언제까지 자네들은 말꼬투리만 잡을 건가? 자네들이
이해하면 우리 할 말 있을걸세.

　어찌 우리 짐승 보듯 하는 건가? 자네의 눈으로도
부정하게 보이는가?

　화 치밀어 자기 자신 파멸한 자, 너로 인해 땅 못쓰고
바위들은 자리 밀릴까?

〔5-21〕

　악인들 빛 사그라져 그 불꽃은 빛도 없고

　그 막사도 빛 잃으니 밝던 등불 꺼질걸세.

　힘찬 걸음 좁아지고 조언조차 쓰러지네.

　그 발 그물에 걸려 그물 위를 걸을걸세.

　발뒤꿈치 덫에 빠져 올가미가 졸라맬걸.

　땅엔 밧줄 숨겨지고 길목 함정 빠뜨리니

　사방 재난이 두려움 몰고 그의 발을 추격하네.

　기근으로 기력 잃고 옆구리를 노리는 재난.

　상처 자리 살갗 뜯고 죽음 열매 삭신 후벼

　의지하던 막사에서 끌려 나와 공포 왕에게로……

　소속품은 남지 않고, 그의 거처 유황 가득

　밑에서는 뿌리 마르고 위에서는 가지 꺾여

땅에서는 기억 숨고 거리에는 이름 불명(不明)
밝은 데서 어둠으로 밀려나니 세상 밖으로 도망가네.
백성 가운데 아들 없고 후손 없어 거처에는 생존자도
없네.
그 인생에 서쪽 사람 떨고 동쪽 사람 겁에 질려
부정한 자, 신 없는 자 집에는 이러한 일 있으리.

19 부당하다 울어 봐도
욥의 항변 5

〔1-6〕

욥이 대답했다.
언제까지 내 맘 긁으며 말로 나를 으깨려느냐?
열 번이나 멸시해도 창피한 줄 몰라하니 이상하게
여긴다네.
내가 그릇 행했어도 그 허물은 내게 있네.
자네들은 과장하고 책망하여 모욕하고
신이 나를 꺾으셨고 그분 덫에 걸렸으니 이것만은
알아주게.

〔7-12〕

부당하다 울어 봐도 듣는 사람 하나 없고 도와달라
요청해도 열릴 재판 전혀 없네.
내 길 막아 벽 세우고 지나갈 수 없게 하니 내 길에는
어두움만 있네.
내 영광을 거두시고 머리에서 관 벗기시네.
나는 가네, 사방에서 헐으시니. 내 희망을 나무 뽑듯
하셨다네.
분노하사 나를 대적 삼으셨네.
주의 군사 나를 치려 일제히 와, 길 만들고 내 집 주위에
진을 쳤네.

내 동기들 격리하니, 내게 타인 되었구나.
친척들도 끊어졌고, 아는 자도 나를 잊네.
식솔들과 여종들이 타인으로 여겼기에 그들 눈엔 외인인 양
불러 봤자 대답 없어 내 입으로 애걸한다.
내 숨결을 아내조차, 내 허리의 자식들조차 싫어하고
나를 꺼려
아기마저 거절하며 일어나면 나를 구박하고
내 절친한 이들마저 가증하다 여기는데, 사랑하던
이들조차 등 돌리네.
나는 피골상접하여 오직 잇몸만 남았구나.
불쌍하게 여겨 다오, 동정하라. 자네들은 내 친구니⋯⋯
신의 손이 나를 쳤다.
너희마저 신이 되어 나를 괴롭히나? 내 몰골만으로 성이
차지 않는 것인가?

필히 내 말이 쓰였으면, 아아, 책에 적었다면.
철필로 납 바위에 새겨 영원토록 보존하길.
내 알기로, 내 구속자 사셨으니 최후 지상 일어나네.
내 살갗이 없어지고 내 살로 신을 보게 될 것.
내가 직접 볼 것이고 이 눈으로 볼 때에는 타인처럼

대하지 않으리. 내 간담이 녹는구나.*

　자네들은 말하기를, 어떻게 놈이 괴롭힐까? 일의 탓은 그 놈에게 있다 하기 때문이라.

　너희는 칼을 각오해라. 칼의 형벌이 분노마다 내림으로 심판 알게 될 것이다.

---

* 원문에는 "콩팥이 쇠약하다."이다.

20 입 속 악이 달콤하여
소발의 충고 2

〔1-11〕

나아마 사람 소발이 대답했다.

내 혼란한 마음, 나로 조급하단 이유 달고 대답할 수밖에
없게 하는구나.

모욕 섞인 훈계 듣고 깨닫는 나의 영이 대답하게
하는구나.

예부터 있었던 일 자네 아나? 곧 사람을 이 땅에 둔
때부터,

악인들의 환호도 잠깐뿐이었고, 불경한 자 기쁨도
순간이었네.

그 교만이 하늘까지 올라가고 그 머리가 구름에 닿아도,

분뇨처럼 영원히 사라지리니 그것을 본 자들은 어디 있나
물을걸세.

꿈결처럼 멀어져서 그를 찾지 못해 밤의 환상처럼
사라지리.

본 자마다 눈은 다시 그를 아니 보게 되고 또다시 그
자리에서 볼 수 없게 될 것이네.

자녀들은 약자에게 호의 보이리니, 그 손으로 재물 돌려
줄 것이네.

그의 기골 아직 젊음 가득해도 흙먼지에 그와 함께
누울걸세.

〔12-19〕

입 속 악이 달콤하여 혀 밑에 그것 감추고

아끼느라 약을 못 버리고 잇몸 안에 가둬 두고

먹은 것이 뱃속에서 변화하여 독사 독이 되었다네.

재물 먹고 토해 내니 신은 그것을 그 배에서 뺏으신다.

독사들의 독을 빠니 독사의 혀 그를 물어 죽인다네.

강물 줄기, 꿀과 젖의 강물, 못 볼 것.

수고한 것 먹지 못해 돌려주고, 교역하여 얻은 재물
누리지도 못한다네.

연약한 자 억압하고 유기하여, 세우지도 않은 집을 억지
쓰고 빼온 까닭이지.

〔20-29〕

자기 뱃속 불안하며 탐하는 것 얻지 못해

남김 없이 먹어대도 그의 번영 중단되고

풍부할 때 위기 처해 애쓴 손이 몰려드네.

배고플 때 맹렬한 노 내리시니 비와 같은 무기들을
쏟으시네.

철무기를 피했어도 놋화살이 그를 뚫고

빠져나와 쓸개 밖에 화살촉이 번쩍이고 두려움이
엄습하네.

쌓아 둔 것에 어둠 앉고 검은 불씨 들이켜서 그의 장막

생존자를 처치한다.
  죄악, 하늘 드러내고 그에 맞서 땅 일어나
  집의 재산 다 떠나니 진노의 날에 넘겨질 것
  악인 받을 몫 이러니, 말씀하신 신의 유업이라.

21　악인들은 장수하고

욥의 항변 6

〔1-16〕

욥이 대꾸했다.

내 말 듣고 위안 되길.

참고, 말 좀 하게 해 주게, 다 말한 다음에 조롱하게나.

한탄이나 하는 걸까? 그렇다면 한숨 쉬지.

나를 보면 오싹할걸, 손 가지고 입 막아라.

떠올리면 두려움에 떨고 전율만이 흐른다네.

도대체 왜, 악인들은 장수하고 그 세력은 견고할까?

자식 후손 모두 함께 눈 앞에서 성장하고

그들 가솔 평안하고 걱정 없고 신의 채찍 맞지 않아.

씨받이소 실수 없고, 암소들은 낙태 없이 잘도 낳네.

어린 자식 내보내면 양 떼처럼 춤을 추니

소고 수금 손에 들고 피리 소리에 기뻐한다네.

일생 행복 누리다가 한순간 죽음의 세계.

그들 신께 불평하며 우리를 내버려 두소서. 당신의 뜻
싫소이다.

전능자가 누구시기에 우리 그를 섬깁니까, 무슨 도움
간구하나?

여보게들, 자기 행복 자기 손에 있지 않아, 그들 생각 나와
다르다네.

꽤 얼마나 악인 등불 꺼져 가고 그들 재난 생기는가?
진노의 몫 분배되나?

바람 앞에 검불 같고 폭풍 속의 겨와 같다.

악인 자손 재앙 쌓여 갚으시니 그가 알 것.

자기 재앙 제 눈 보고 전능자의 진노 마셔

인생 날들 끝냈는데 그 후 그 집 기쁨 뭘까?

신은 지위 높은 자들 심판하는 분이신데, 누가 그분을
가르치나?

어떤 사람 죽기까지 정정해서 모든 것이 평안하고

그의 그릇 우유 가득 뼈마디가 부드럽게 죽게 되리.

어떤 사람 마음 괴로움 가득 품고 죽으리니 행복의 맛
보지 못해.

이 두 사람 흙에 눕고, 그들 위에 구더기 끓는다.

여보게들, 악한 생각, 나를 향한 악한 궁리, 접수했네.

"귀인의 집 어디인고, 악인의 집 어디 있나?" 자네들이
말한다네.

행인에게 질문하고, 그 증거를 살펴보지 않았는가?

악인 남겨 재앙의 날, 그들 인도 진노의 날.

누가 악인의 길 비난하며 행한 대로 갚아 주나?

무덤으로 인도되고 무덤 위를 사람이 수호하고.

골짜기 흙 그에게만 부드럽고 뒤를 따라 사람이 가고 그의
앞은 셀 수 없다네.

어찌 나를 빈말로만 위로할까? 자네들 말 무성의하지.

22   오빌의 금을 계곡 바위에 버린다면
엘리바스의 충고 3

〔1-11〕

데만 사람 엘리바스가 대답했다.

대장부와 현자라도 신에게는 이로울까?

그가 바른들 전능자께 무슨 기쁨이? 온전한들 그분에게
유익일까?

신께서, 경외심을 입증하고 함께 법정이라도 들어갈까?

죄가 많고 죄악 끝이 없지 않나?

까닭 없이 형제들을 인질 삼고, 헐벗은 이 옷 벗기고,

목마른 자 물도 주지 않고, 배고픈 자 음식 삼가고.

권세가는 땅을 차지하고, 그곳에는 귀족이 산다.

과부들을 돌려보내 빈손 되고, 고아들의 팔은
혹사시키고.

올무 속에 걸려들어, 공포 너를 갑작스레 당황케 해.

어둠 있어 앞을 볼 수 없고, 홍수 너를 덮으리다.

〔12-20〕

신이 하늘 높은 곳에 안 계시나? 꼭대기의 별이 아주
높은 것을 보라.

자네 말을 했다네. "신이 무엇 아시겠고, 캄캄한데
심판하시겠나?

구름 가려 그는 볼 수 없고 하늘 궁륭 걸어 다니신다."

거짓된 자 밟던 옛길 지키려느냐?

시의적절하지 않게 그들 잡혀갔고, 그들의 터 강물에
잠겼도다.
"우리 떠나소서. 전능자가 우리 위해 무엇하실 수
있나요?" 질문하던 자들이다.

그들의 집 좋은 것 가득하게 하셨다. 악한 자들 조언은
나에게 해당되지 않아.

옳은 자가 보고 기뻐하며, 죄 없는 자 그들을 조롱하며,
"우리의 적 말살되고 남은 재산 불 삼켰다." 할 것이다.

〔21-30〕

그분과 화해하고 평안하라. 자네에게 좋은 것이 올
것이다.

그분의 입에서 법을 취해 그 말씀을 마음속에 간직하라.

전능자께 돌아가고, 불의를 네 장막에서 멀리하면 세워질 터.

금을 흙에, 오빌의 금*을 계곡 바위에 버린다면,

전능자도 자네에게 금과 존귀한 은 되실 거라네.

그때 마침 전능자로 기뻐하여 신께 얼굴 들 수 있다네.

그분에게 기도할 때 응답받으리니 서원한 것 다 갚으리.

결정하여 말하면 다 이루어질 것이고, 네 길에 빛이 비칠

---

* 오빌은 노아의 세 아들 중에 셈의 자손 욕단의 아들 오빌 가족이 정착한
곳으로 질 좋은 금의 산지이다. 이곳 위치에 대하여는 아라비아, 동아프리카
해안, 인도 등 여러 주장이 제기되고 있다.

것이라네.

그들이 낮출 때 너는 높아진다 하니 그분은 낮아진 눈 구하시기 때문이라.

깨끗하지 않더라도 구하시니 네 손의 깨끗함으로 피신할 것이다.

23   정금 되어 나오리라
욥의 항변 7

〔1-9〕

욥이 대답했다.

나를 향한 시름 깊고 탄식으로 내 손 떨군다.

아, 그분 뵈올 곳 찾아 그 처소로 갈 수 있다면,

그분 앞에서 판결 챙겨 변론들로 내 입 채울 수만 있다면,

내게 준 말 알아듣고 깨달을 수 있다면,

나를 위협하며 싸우실까? 아니, 내 안에 임재하시리라.

정직한 자 대화하고 영원히 내 정죄자 피할 수 있으리.

여보게, 동편 가도 그분 없고, 서편 가도 찾지 못해.

북쪽에서 일하셔도, 남쪽으로 돌아가셔도 그분 뵈올 수
없으리라.

〔10-17〕

그분 내 길 다 아시니, 시련 받아 정금 되어 나오리라.

내 발 그분의 행보 따라, 배신 없이 그분 길을 지켰다네.

그분의 입술 명령 멀리 두지 않고 만날 내 필요보다 그
말씀 맘에 더 새기고

한 맘뿐인 그분을 누가 돌이킬까? 원하시면 반드시 맘
행하시니,

나의 계획 그분 이루게 하니 헤아릴 수 없이 많다네, 이런
일쯤.

그분 앞에서 떨며 생각하니 나는 그분 앞에서 초조해라.

그분이 내 마음 약하게 해 전능자가 나를 떨게 하셨기에
어둠은 끝도 없이 나의 얼굴 덮었다네.

24 잠깐의 번영은 사라지니

욥의 항변 7

〔1-12〕

전능자의 심판날은 숨김없다, 왜 모르나 그분 뵈온 자?

경계표를 옮기고서 양 떼 훔친 자들 있고

고아의 나귀 끌어 가고 과부의 소 담보 삼아 갈취하는

자도 있다.

가난한 자 길가로 몰아내니 땅의 천민 숨을 곳 찾는다.

메마른 땅에서 일을 찾고 나귀 되어 먹을 것 찾으나

하염없는 광야만이 새끼에게 양식 준다네.

빈 들에서 풀을 뜯고 악인 소유 포도밭에서 포도 줍고

밤 새우는데 옷도 없어 알몸으로 추위 속에 감쌀 것 하나

없네.

산에서는 비에 젖고 찬 바위에 몸 기대네, 피할 곳 없어.

품에서 빼 고아 삼고 빈자(貧者) 유아 볼모 잡혀

옷도 없이 헐벗고서 굶주린 채 곡식 운반하고

담장 사이 기름 짜고 포도주틀 밟지마는 영 목마르고

성 안에는 신음소리, 난도질당하여 간청해도 신은 관심

없다네, 그 기도에.

〔13-17〕

빛 벗으면 그 길 몰라 통로에는 앉지 않고

살인자는 동트기 전에 일어나 빈자(貧者) 천민 살육하고

한밤 중엔 도둑 된다.

간통자 눈 저문 틈새 좇고, 되뇌이길 못 봤다며 제 얼굴
꼭 숨긴다네.
어둠 틈타 주거 침입하니 한낮엔 틀어박혀 빛이 낯설다.
동터 오면 죽음 그늘, 죽음 그늘의 공포를 안다네.

〔18-25〕

홍수 위에 몸을 싣고 소유한 밭은 저주의 땅, 포도지기
포도원에 없어
건조한 날 따뜻함이 눈 녹은 물 홀짝이듯 죽음 세계
죄인들을 하염없이 흡입한다.
자궁은 이미 그를 잊고 구더기가 단맛 알고 다신 그를
기억 못해 부정한 자 목(木) 베이듯
자식 못 밴 여자 희롱하고, 과부에겐 몹쓸 짓을.
그분 능력 깡패 잡고 일어나니 그들 목숨 장담 못해.
염려 없이 평안해도 그들의 길은 그분 눈이 감찰한다네.
잠깐의 번영은 사라지니 이삭처럼 고개 숙여 한데 모아
베일 것을.
없다 한들, 누가 내 말 가짜라고 지금 내 말 틀렸다 할까?

25 신을 향해 어찌 사람 의로울까

빌닷의 충고 3

〔1-6〕

수아 사람 빌닷이 대답했다.

그분께 통치 위엄 있어 위로부터 평화 내려온다.

주의 군대 헤아리는가? 그분 빛이 아니 밝힌 자 있는가?

신을 향해 어찌 사람이 의로울까? 깨끗할까, 여자에게서
태어난 이가?

달이라도 그분 눈엔 밝지 않고, 별이라도 그분 눈엔 맑지
않으니,

더군다나 구더기와 같은 사람, 벌레 같은 인생에랴?

26 짙은 구름으로 물을 담으시나
욥의 항변 8

〔1-4〕

욥이 대답했다.

왜 자네는 힘없는 자 도와주고, 힘없는 팔 구해 주는가?

왜 자네는 무지한 자 충고하여 완전한 지혜 전하는가?

자네 말을 누가 듣나? 대체 누구의 생각을 전하는가?

〔5-14〕

망령들이 몹시 떨고, 물 깊은 곳 그곳 거민 괴롭다네.

나락마저 그분 앞에선 백일하에 드러나고, 멸망조차

가리지도 못한다네.

북쪽 하늘 형태 없는 곳에 펼치시며 맨땅 허공에다

매달아서

짙은 구름으로 물을 담으시나 구름 밑이 터지지도 않고

그분 보좌의 낯 가리시고 구름 펼치신다.

수면에는 금을 둘러 긋고 수평선을 만드셔서 빛과 어둠

끝을 나누신다.

하늘 기둥 진동하며 그분 꾸지람에 질겁한다.

그분은 힘으로 바다 소란 일으키고 그분 손이 날랜

통찰로 바다괴물* 꼭 찌른다.

---

* 히브리어로 '리워야단'이며, 토머스 홉스의 저서 『리바이어던』의 제목이 이 괴물에서 비롯된 이름이다.

바람으로 하늘 맑게 하시고서 그분의 손 날랜 뱀을 꼭 찌르신다.

이런 것들 그분 가는 길의 일부일 뿐, 그분의 소문도 속삭임일 뿐, 권능에 찬 천둥소리 보라, 누가 이해할까?

27 양심만큼은
욥의 비유 1

욥이 비유 들어 말했다.

살아 계신 신께서 내 공의를 거두시고 전능자는 내
영혼을 괴롭게 해.

내 호흡 내 속에, 신의 숨결 내 코 밑에 남아 있을
때까지만,

내 입술에 흉 잡음 없고 세 치 혀에 거짓 꾸밈 없으리니,

댁네들 인정하면 내게 저주 있으라, 숨질 때까지 나의
결백 그만두지 못해

나의 의분 고수하고 굽힐 수도 없어, 양심만큼은 나의
평생 가책 되지 않으리라.

내 대적은 악인 같으니, 나를 상대로 일어난 자 불의한
자처럼 되리라.

불경한 자에게 희망 있나? 부정한 이익 갈취하니 신이 그
목숨 취하실 것이지.

고난 그를 엄습할 때 신이 그 부르짖음 들으실까?

전능자로 기뻐할까? 언제 그가 신을 찾나?

전능자의 온갖 손길, 숨김없이 가르쳤다.

여보게들, 알게 되었잖나, 그런데도 어찌해서 헛탕치듯
행동하나?

악인들이 신에게서 취할 몫은 이것이니, 포악자들이
전능자로부터 넘겨받을 유산이다.
자녀 많아 든든해도 칼을 위해 준비될 뿐이고 취할 음식
있어도 배불리 먹지 못하고
남은 자들 중병 얻고 매장되나 울 새도 없이 과부 된다.
흙 긁듯이 돈 모으고 엄벙덤벙 진흙마냥 옷 사지만
사 모은 옷 의인이 입고 죄 없는 자가 그 돈 얻는다.
그의 집은 좀이 슬고 보초병의 막사 같다.
알부자로 잠들지만 눈을 뜨면 거지 신세
두려움이 홍수 같고 밤에 잘 때 폭풍 급습하고
동풍 그를 태워 가니 있던 자리 쓸어 갈 것
그 손아귀 빠져나가려 해도 매몰찬 내동댕이뿐
그분께선 손뼉 치며 그곳에서 비웃는다.

28 지혜일랑 어디서 찾고

욥의 비유 2

〔1-11〕

은 얻는 곳 따로 있고 금 녹는 곳 따로 있어
흙에서 쇠가 나서, 돌에서 무쇠 녹여 얻는다.
횃대 흑(黑)에 두고 어둠, 죽음 그늘 있는 곳에 광석 탐사
세간살이 떨어진 곳, 발길 닿지 않는 땅에, 굴을 뚫고
줄에 매어, 사람 없이 홀로 먼 곳, 유랑.
먹을 것은 땅에 있고, 밑바닥은 순환하니 그 어디나
불구덩이.
광석에는 사파이어, 금가루도 넘쳐나고
그 통로는 독수리도, 솔개 눈도 알지 못해 찾지 못해
맹수 사자 밟아 본 적 지나친 적 아주 없다.
사람만이 딴딴한 바위 손을 대고 산 뿌리째 뒤집어서
바위에 굴을 뚫고 온갖 보석 눈으로 보며
물 새는 것 막아 내고 묻힌 것 밝은 세계로 끌어낸다.

〔12-28〕

지혜일랑 어디서 찾고 슬기일랑 어디에 있나?
지혜의 값 알 수 없고 산 자 땅에서 발견 안 돼
깊은 물도 "없소이다." 바다 물도 "내겐 없소."
금으로도 못 바꾸고 은 달아도 돈이 부족
오빌의 금이나 값진 루비 사파이어 그 값 안 돼
금 유리도 가치 부족해 장신구도 못 바꾼다

산호 수정 말해 무엇하나? 진주보다 존귀하다, 지혜 쌓기
구스*의 황옥으로 살 수 없고 정금으로 얻지 못해
지혜일랑 어디서 찾고 슬기일랑 어디에 있나?
산 것 눈에 숨어 있고, 하늘 새에 가려져 있다.
멸망도 죽음도 "지혜의 소문 귀로 듣는다."라고 고백한다
하나 신은 지혜의 길 식별하고 그 가는 길 알고 있다
땅 끝까지 살피시며 하늘 아래 전부 보시며
바람 세기 달아 보시고 물의 양을 치수하며
비 내리는 규칙 세우시고 천둥 번개 길 만드시니
그때 지혜 보고 헤아리고 세우고 입증했다.
그 후 사람에게 말하셨다. "보라, 주 경외함이 지혜이고,
악 떠남이 슬기이다."

• '검다'는 뜻으로, 노아의 아들 가운데 함의 자손이 거하는 땅인데 지금의
에티오피아를 가리킨다.

29   우는 자를 위로하는 사람같이
욥의 비유 3

〔1-25〕

욥이 비유 들어 다시 말하였다.
지난 세월, 보호받던 날들 다시 회복된다면!
머리 위로 등불 밝혀 그 빛으로 어둠 속을 걸어갔지.
그 한창 때, 신의 비밀˙ 내 장막에 있었을 때
전능자가 함께 있고 내 아이들 내 곁에 있었을 때
발에 우유 젖어 있고 바위에서 샘물처럼 기름 흘러나올 때
성문 나가 광장 자리 차지했을 때
젊은이들 나를 보고 길 비키며 노인네들 일어서고
관리들도 대화 멎고 자기 입들 손 들어 가렸을 때
귀족들도 소리 죽여 입천장에 혀를 대고
귀 기울여 말 들은 자, 형통한 나 칭찬하고 눈을 들어 본
자마다 굳이 나를 자랑하니
"도와달라 하는 가난한 자 건지고 도움 없는 고아들
구하였다."
죽어 가는 자도 내게 축복하고 과부들 마음 나로 인해
흐뭇하게 되었다네.
의로 옷을 걸치고서 공평이 겉옷, 두건 되었다네.

---

* 히브리어 원문 '소드'는 '천상회의'라는 뜻. 신약에서는
'비밀(뮈스테리온)'로 번역된다. 사도 바울이 "비밀을 안다.(보았다.)"라고
할 때 그 의미는 '천상회의'를 보아서 '신의 뜻(비밀)'을 알았다.'라는
의미다. 라틴어 판에는 '은밀하게(secreto)'가 추가되어 있다.

못 보는 자에게 눈이 되고, 발 저는 자에게 발 되었다네.
가난한 자들의 아비였고 몽매한 이 싸움 해결하고
불의한 자 턱 날리고 잇몸에서 먹이 빼내었다네.
나 말한다. "내 둥지에 한숨 돌려 모래처럼 많은 나날,
내 뿌리 물가 내려 가지에서 이슬, 밤을 지새운다.
내 영광 늘 새롭고 내 손의 활 새롭도다.
사람마다 내 말 기다리니 내 조언에 침묵했다네.
내 말 있고 대꾸 없어 내 말만이 그들 촉촉하게 적셨다네.
비처럼 날 기다리니 늦은 비 기다리듯 입을 크게
벌렸다네.
비웃으면 그들 믿지 못해 얼굴 빛을 예사로 보지
않았어라.
지휘하며 상석 앉은 군왕같이, 살아왔다, 우는 자를
위로하는 사람같이."

30　　살갗은 검어지고
욥의 한탄

〔1-8〕

어린 자들 이제 나를 비웃다니, 그 아비들은 내게
거부당했던 자들인데, 내 양 떼 괴롭히는 개들처럼.
그들 손의 힘이 내게 무슨 소용인가? 한창 때는 이미
지나
가난 기아 헐벗고서 쇠약해져 메말라 황폐한 땅 긁어
먹고
쓴 나물과 엉겅퀴 캐어 로뎀나무 뿌리로 끼니 잇는다.
쫓긴 그들, 사람들은 도둑에게 소리치듯 고함쳤다.
험한 계곡, 흙과 바위 동굴에서 살아갈 때
숲에 울며 가시섶 밑 깃들었다.
분별없고 무명한 자, 그 땅에서 내쳐졌다.

〔9-15〕

이젠 내가 얘깃거리요 대중의 인기가요라.
나를 얄밉다고 멀리하며 내 얼굴에 주저 없이 침 뱉는다.
내 활 시위 풀어져 고통 주니 내 앞에서 고삐 벗어
버렸도다.
오른쪽에 패거리가 일어나 내 발걸음 옮기려고 재난의 길
쌓고 있다.
내 길 헐고 땅을 파서 이익 보려는데 그 아무도 나를 돕지
않는다네.

갈라진 틈으로 들어와서 훼파된 곳 아래서 뒹굴다가
공포 나를 삼켜 바람처럼 내 고귀함 쫓아내니 내 구원은
뜬구름일 뿐.

〔16-31〕

기진맥진 쓰린 날들 나를 몽땅 삼키고
밤에 내 뼈 나를 찔러 그 아픔이 못 눕게 해.
강한 힘이 내 옷 바꿔 옷깃으로 칭칭 감아
내 몸 진창에 던지시니 티끌과 재 되었다네.
내가 님께 물어봐도 응답하지 않으시고 미끄러져도
보고만 계시지요.
님은 나를 무참하게 만들어 억센 팔로 나를 증오합니다.
님은 나를 들어 올려 바람에 날리고 폭풍으로 나를 녹여
내리시죠.
알고 있죠. 죽음, 모든 생명 정해진 곳으로 나를 돌아가게
하시지요.
폐허더미 손길 없고, 재앙의 때 도움 손을 보내지도
않았지요, 외치는 자 많건만.
가혹한 날 지내는 자, 그를 위해 나는 울었고, 고궁한 자
위해 내 영혼 아파하지 않았던가?
좋게 되기 바랐건만 내게 화가 닥치었고 빛을 보기
원했건만 캄캄함이 찾아왔네.

쉬지 않고 내 맘 끓어 쓰린 날들 닥쳐왔다네.
음지에서 검은 피부로 다니다가 대중 가운데 멈춰 서서
도움 청한다네.
나의 형제 이리이며 나의 친구 타조구나.
내 살갗은 검어지고 뼈는 욱씬 열이 나고
내 수금은 애곡 위해, 내 피리는 우는 자의 소리 위해
위로 준다네.

31 내 말 들어줄 이 없단 말인가
욥의 결백

〔1-4〕

눈과 맹세하였으니 어찌 미녀 상상할까?
위에 계신 신에게서 취할 몫이 무엇이며 높이 계신
전능자가 주실 상속 무엇일까?
부정한 자에게 재앙 없고 악행자에게 불운 없나?
그분 내 길 살피시고 내 발걸음 세지 않나?

〔5-8〕

나 헛되이 걸어갔다면, 내 발 속임에 급급했다면
맹세하리다, 여태까지 악행 없고 다른 사람 속임 없다고.
공평한 저울에 나를 달면 신이 아시리, 나의 순결.
내 발걸음이 탈선하여 내 마음이 내 눈 따라 내 손
추했다면,
내가 파종한 것 타인이 먹고 내 소산은 뿌리 뽑혀라.

〔9-15〕

여자에게 유혹받아 이웃 쪽문 출입구에 숨죽이며
있었다면,
내 아내가 다른 남자 맷돌 돌리고 외간 남자 여편네
무릎에 꿇지
음행이요 심판받아 마땅한 죄이니
멸망토록 삼키는 불에 모든 소산 뿌리 뽑혀라.

남종 여종 대들 때에 공정한 판결 없었다면
신 납실 때 무엇하며 결산하실 때 뭐라 말할까?
태에서 날 만든 분이 그 사람도 지으셨으니 태 속에서
세운 분은 같은 한 분 아니겠는가?

〔16-23〕
약자 소원 거절하고 과부의 눈 상하게 한 적 있나?
나 혼자 음식 먹고 고아에게 준 적 없나?
소싯적에 아비로서 고아 맡아 양육했고 모친
자궁에서부터 과부들을 인도했는데.
옷도 없이 길 잃은 자 빈궁한 자 헐벗은 것 볼 때마다
내가 기른 양의 털이 그를 따뜻하게 했고, 시렸던 그
허리들이 나를 축복하지 않았던가.
성문에서 도와줄 자 보고서도 고아에게 내 손 주지
않았던가.
어깨에서 내 팔뚝이 떨어져 탈골하니
신의 재난 두렵고 그의 존엄 감당 못해.

〔24-40〕
내가 금을 신뢰하고 순금에 의지했던가.
재물이 많은 것과 내 손으로 얻은 풍요, 그 때문에
기뻐했던가.

햇빛 달빛 영롱해서
내 마음이 미혹되어 내 손 내 입 맞추었던가.[●]
그것은 형벌받을 죄악이니, 위에 계신 신을 속인 까닭이라.
나를 미워하는 자의 재난 기뻐하고 그의 불행 기뻐
환호했던가.
그의 목숨 저주하길 원치도 않았고 세 치 혀로 죄도 짓지
않았도다.
내 식솔들 말하였다. "주인의 고기로 배불리 못 먹은 자
있던가요?"
나그네도 거리에서 묵지 않게 내 집 문을 길손에게 열어
줬다.
아담처럼 죄 숨기고 내 가슴에 죄악을 묻었다면
많은 사람 눈치 보고, 가문은 수치 아래 떨고, 말 못하고
문 밖 출입 못했을걸.
내 말 들어줄 이 없단 말인가, 몸부림에 전능자가
답하시길, 날 상대로 고소장이 있었다면
그것을 어깨에 메고 화관처럼 머리에 묶고
일거일동^{●●} 전하면서 왕족처럼 친밀하게 그분께로 갔을
텐데.

<small>● 일신 월신 숭배에 따른 미신 행위를 의미한다. 그러므로 은밀히
우상숭배의 죄를 지은 적 없다는 뜻이다.
●● 원문에는 발걸음의 숫자</small>

내 땅 내게 부르짖고 그 밭고랑 울었던가.

그 소출을 거저먹고 소작인의 목숨 잃게 했던가,
그랬다면

밀 대신에 가시섶이, 보리 대신 독풀들이 생겼을 것을.
욥의 말이 끝을 맺었다.

32 내 속마음 봉해 버린 포도주통
엘리후의 충고 1

〔1-5〕

자기 눈에 옳다 우기는 이 욥에게 세 친구들 대꾸하기
끝마쳤다.

신보다 더 옳다 우기는 이 욥에게 람 가문의 부스 사람
바라겔의 아들 엘리후*가 화를 낸다.

세 친구들도 엘리후를 분노하게 하였으니, 해답 없이 그저
욥만 악하다 함이더라.

자신보다 나이 많은 친구들인지라 엘리후는 말하기를
기다리다

세 입술에 해답 없자 버럭 했다.

〔6-10〕

부스 사람 바라겔의 아들 엘리후가 대답했다. 나 어리고
손윗분들 두려워서 저의 생각 감히 말하지 못했는데,

손윗분들 말씀하시니 오래 사신 지혜일 것이라고

사람 안엔 영혼 있어 전능자의 숨결만으로 깨달음이
가능하다고.

그런데 나이 많아 지혜롭고 노인이라 공정하고, 꼭 그런
것은 아니군요.

그래 말씀 드리오니 경청하여 주십시오. 내 의견을

---

* '엘리후'는 히브리어로 '그분은 나의 신'이란 뜻이다.

말합니다.

〔11-14〕

　보십시오. 여러분 말 기다려서 말문 찾고 그 지혜에 귀
기울여 보았지만
　욥의 말에 한 사람도 추궁하며 대답 못해.
　댁들 지혜 찾았노라고, 욥은 신이 추궁할 일이지 사람 할
일 아니라고 대답하지 말아 줘요.
　욥은 내게 말을 안 했으니 선배들이 한 말 아닌 다른
대답 하겠어요.

〔15-22〕

　친구들 상심하여 대답 않고 할 말 잃어
　할 말 없어 더 이상 대답 없이 조용하게 기다렸죠.
　내 차례에 대답하리 내 의견을 말할게요.
　할 말 가득하니, 내 속의 영혼 강요하죠.
　내 속마음 봉해 버린 포도주통, 잔뜩 부푼 포도주 부대.
　말을 해야 시원하니 나 입 열어 대답하리.
　사람 얼굴 보지 않고 아첨 말게 해 주세요.
　아첨할 줄 모르오니 나 지으신 분 날 인도해.

33 모든 것을 설명하지 않으시니
엘리후의 충고 2

〔1-7〕

욥이여, 내 말 듣고 내 모든 말 경청해요.
자, 입 여니 이제 혀가 내 입에서 말합니다.
마음의 정직 내 입의 지식이 솔직하게 말합니다.
신의 영이 만드시고 전능자의 숨결 나를 살아나게 합니다.
대답할 수 있으실 때 준비하고 앞에 납시지요.
보십시오, 신 앞에서 당신과 나 일반이니 흙먼지로
지어졌죠.
내가 주는 성가심이 두려움을 주지 않고 나의 손이
당신에게 불편 주지 않으리다.

〔8-12〕

당신 하신 그 말 내가 듣자오니,
"나는 깨끗하고 나는 잘못 없고 어떤 부정 내게 없다.
보라, 그분 내게 반감 갖고 원수 삼으셨다.
발에 사슬 묶어 내 모든 길 감시한다."
보십시오, 그건 옳지 않다 말하겠는데, 인간보다 신이
위대하죠.

〔13-18〕

일일이 다 대꾸 않으시니 어찌 그분 따질 수 있을까?
신의 말씀 한두 차례뿐, 그러나 사람 보지 못합니다.

꿈, 밤 계시 사용하시니, 침대에서 조는 깊은 잠 속
사람에게,
　　그때 그분 사람들 귀 열었다가 교훈한 후 닫으시니
　　그의 행실 포기하고 그의 교만 가리려고
　　사람 생명 함정에, 그의 숨통 칼날에 넘어가지 않게 막죠.

〔19-22〕

　　책망이란 침상 괴로움, 뼈의 온갖 찌름이죠
　　목에 맞난 음식마저 그의 생명 혐오하죠.
　　안 보이게 살 빠지고 안 보이던 뼈만 불쑥
　　목숨은 무덤에 근접하고 생명은 멸망에 다가가네.

〔23-28〕

　　천사 천에 하나라도 중재하여 그 정직함 전했다면,
　　그분 은혜 베푸셔서 "그를 건져 무덤에는 못 가도록 그의
몸값 지불했다.
　　그의 살이 청춘보다 부드러워 젊은 시절 회복한다."
　　그는 신께 간구하고 신은 그를 기뻐하니, 찬송하면 신의
얼굴 볼 것이며 사람에겐 의가 회복되리.
　　그는 사람 앞에서 말합니다. "정도(正道) 굽게 죄 지어도
내게 갚지 않으시고
　　내 목숨을 건지셔서 무덤 가지 않게 하니 내 생명이 빛을

보리."

〔29-33〕

보십시오, 신이 하신 이 모든 일 두 번 세 번 사람에게
행하시니
　무덤에서 목숨 돌려 생명의 빛 비춥니다.
　욥이시여, 귀 기울여 들으소서, 고즈넉이, 말할게요.
　할 말 있으면 대답하여 주십시오, 당신도 옳다 하기
원합니다.
　할 말 없으면 잠잠하게 들으소서. 당신께 지혜 알려
드릴게요.

34　욥은 자기 죄에 배신을 더했으니
엘리후의 충고 3

〔1-9〕

엘리후가 말했다.

현자들아 들으시오. 식자(識者)들아 경청하오.

귀는 말을 식별하고 혀는 음식 감별한다.

판정 내려 우리 가운데 선(善)이 뭔지 알아보자.

욥께서는 "나는 옳게 살았는데 신은 그것 인정 않고

거짓말로 취급하니, 나는 잘못 없는데도 화살 상처 깊게

남았다." 합니다, 그러니

욥 같은 자 누가 있나? 조롱을 물 마시듯 하고

행악자와 당을 짓고 악인들과 몰려다니며

"사람 신을 기뻐해도 아무 보탬 없다!" 하는구나.

〔10-15〕

생각 깊은 자들이여, 신은 악에서, 전능자는 불의에서 멀어

행위 따라 갚으시고 각자 길에 따라 받게 하니

신은 악을 행치 않고 전능자는 재판 굽게 하지 않죠.

그분께 누가 땅 주고 누가 온 세상 정했나요?

사람에게 마음 정하고 영혼 호흡 거두시면

모든 육체 함께 죽어 흙먼지로 돌아가죠.

슬기로운 분이라면 이 말 들으세요. 내 말소리 경청하오.

공의 미워하는 분의 통치가 가능할까, 옳고 전능하신

분을 악하다고 하겠나요?

왕을 파괴자라, 귀족들을 악인이라 정죄하실 수 있는 분

아닌가요?

관리의 얼굴 들지 않고 약자보다 강자 인정한 적

없으시니 그들 모두 그 손으로 지으셨기 때문이라.

돌연 그들 죽어 백성 한밤에 사라지고 손 대지 않아도

힘센 자 없어질 터.

그분의 눈, 인간 길에 있어 모든 걸음 보고 있죠.

행악자들 피할 어둠, 죽음의 그늘 없으리니

재판하러 신께 가도 더 이상은 소용없네.

강한 자들 묻지 않고 타도하며 그들 대신 새 사람

세우시고

그들 행위 다 아시기에 한밤중에 뒤엎어 짓밟히게

하십니다.

악인 낙인찍고, 사람 눈앞에서 그들 치십니다.

그분 몰래 탈선하여 길을 분별 못한 까닭.

그들로 인해 약자들 애원하니 그분 빈자들 탄식 들음이죠.

누가 그분 침묵하신다고 악하다 하며, 누가 나라 백성
향해 숨긴 얼굴 볼 수 있을까?

불경한 자 왕 되는 것 막고 백성 함정 빠지는 것 막기
위함이죠.

〔31-37〕

신께 누가 이렇게 말할 수 있을까요? "벌 받았으니 다신
잘못 범치 않을게요.

보는 눈 없사오니 권하소서. 부정 행했다면 더는 안
하리라."

당신 그분께 대항하면, 당신 좋게 갚으실까? 나 아니고
당신 살필 일, 아는 대로 말하소서.

생각 깊은 분들, 내 말 듣는 지혜 있는 남자 이렇게
말합니다.

욥은 모르면서 말하느라 뒤죽박죽되었다고.

욥은 영원히 연단받기 원하오니 그 대답이 부정하기
때문이라고.

욥은 자기 죄에 배신을 더했으니 신께 삿대질하며 많은
말을 했지요.

35 　그대는 공연히 입을 열고
　　엘리후의 충고 4

〔1-8〕

엘리후가 말했다.

이것 옳다 여깁니까? "신보다도 의롭도다." 당신 말했지요.

"신께 이게 무슨 보탬 되며 죄에서 깨끗해진들 내가 얻는
것이 무엇인가?"

당신에게 그리고 함께 있는 친구들에게 대답하지요.

그대 하늘 보고 높이 있는 구름 보십시오.

그대 죄지어도 신께 무엇하겠으며 죄악 많았어도 신께
무슨 상관인가요?

당신 의롭다 해도 그분에게 무엇 드리겠으며 그분이 당신
손에서 무엇 가져가실까?

당신 악도 그대와 다름없는 사람에게 있고, 당신 의도
인간*에게 있습니다.

〔9-16〕

억압 심해 사람들이 부르짖고 실력자들 팔 때문에
사람들이 간청하죠.

다만 그 누구도 "나를 지은 신은 어디 있느냐, 밤의 노래
주시는 분,

야수보다 우리를 더 가르치고 조류보다 지혜롭게 하시는

---

* 히브리어로는 '사람의 아들', 즉 인자(人子)를 뜻한다.

분, 어디 있느냐."라고 말 안 하시죠.

악인들 소리치나 대답하지 않으시니 교만 때문이죠.

쓸데없는 것을 신은 듣지 않고 전능자는 보지도 않으시죠.

그런데도 당신 "그분 볼 수 없다." 말하면서 그분 앞에
생각 열고 그분 기다리죠.

그렇지만 이제 그분 진노하사 징벌도 않고 허물 알려고도
하지 않는 듯하죠.

하지만 욥, 그대는 공연히 입을 열고 이해 못한 많은 말을
하고 있죠.

36 신은 높아 알 수 없고
엘리후의 충고 5

〔1-16〕

엘리후 또 말하였다.

당신에게 알릴 테니 조금만 더 집중해요. 신을 위해 아직
할 말 남았어요.

깊은 곳의 지식 펼쳐 창조자께 의(義) 돌리리.

내 말 거짓 없고, 당신 곁에 전지(全知)한 분 계시죠.

보시지요, 전능한 신 아무개나 파멸 않되

악인 살려두지 않고 피압박자에게 공의 베푸시죠.

의인에겐 눈 안 떼고 왕들 함께 보좌 앉혀 높이시며

의인 사슬 묶여 고통 줄에 결박되면

범한 일과 자랑 삼은 불법 밝히시고

훈계하려 귀 열게 해 죄악에서 돌아오라 명하시죠.

경청하여 공경하면 그들 앞날 좋게 되며 다복하게
끝나지만

기울일 귀 안 가지면 칼에 내줘 까닭 없이 숨 거두죠.

불경한 자 콧방귀 뀌어 신께 얽매여도 간청 안 해

젊은 시절 숨이 멎고 그들 영혼 남색하되

고통받는 비천한 자 구하시고 피압박자 귀 열으사

적의 아가리에서 끌어내어 아래 숨 트인 넓은 곳으로
인도하시니 안전한 그대 상에는 기름진 것 가득하리.

악인 받을 형벌 그대 안에 가득하여 공정한 심판 못
피하니
그대 화가 끌어올라 잘못[•] 범치 말고 뇌물로^{••} 탈선하지
마십시오.
도와달란 당신 간청 고통이나 최선의 노력 없이도
응답^{•••}받을 수 있을까요?
밤 바라지 마십시오, 그때 민족들은 고향에서 끌려가죠.
삼가세요, 죄악 향하지 마십시오. 모진 시험 이것
때문이죠.
보십시오. 전능하사 신은 홀로 높으시니 그분 같은 스승
누굴까요?
누가 그분에게 길 명하고 "불의 행하셨다." 감히 말할까요?

사람들이 찬양으로 그분 업적 드높인 것 잊지 마오.

• 히브리어 '세페크'는 '손뼉을 침', 즉 '조롱함'을 의미하는데, 구약성서에서
「욥기」에만 나온다.
•• 히브리어 '코페르'는 긍정적 의미로는 '몸값'(속전)을, 부정적 의미로
'뇌물'을 뜻한다. 여기서는 부정적인 의미이다.
••• 히브리어로 '값을 정하다'라는 의미이다. '제 값을 받을 수
있을까요?'라는 뜻을 의역했다.

만인 그분 계시 보나 멀찌감치 볼 뿐이죠.
보시지요, 신은 높아 알 수 없고 그분 연대 셀 수 없죠.
물로 작은 방울 낳고 안개로 비 만들어서,
많은 사람 머리 위로 구름들이 비 뿌리니
퍼진 구름 누가 알며 그분 장막 천둥소리 누가 알아볼까?
보시지요, 그것 위에 빛 펼치고 바다 속의 뿌리 덮어
이것들로 민족들을 심판하시지만 식량도 만드시죠.
손바닥에 빛을 쥐고 내리치라 명령하죠.
신을 전하는 천둥 소리에 가축들도 신의 진노 알죠.

37 채찍으로도 혹은 자비로도
엘리후의 충고 6

〔1-13〕

이 때문에 내 맘 떨려 자리에서 발만 동동
그분 소리, 입술 울림 애태우며 들으세요.
온 천하에 곧장 뻗고 땅 끝까지 그 빛 직진하죠.
소리 낸 후 천둥 고음 듣고 빛을 추월 못해
굉음으로 천둥 치니 알 수 없는 큰일 행해
흰 눈에게 "땅에 내려라!" 이슬비와 소낙비도 그리되면
모든 사람 발을 묶어 당신이 지으신 온 인류에게 알게
하죠.
짐승 굴 속 깃들이고 그 은신처 머물 때도
그 방에서 폭풍 일고 북풍으로 추위 오죠.
입김으로 얼리시니 많은 물이 얼어붙죠.
구름, 얼음 태워 자기 빛에 흩으시죠.
명 받들어 세상에서 행하려고 지시 따라 어디든지 구름
가죠.
소유하신 땅을 위해 채찍으로도 혹은 자비로도 이런
일이 발생하죠.

〔14-20〕

욥이여, 내 말 경청하사 일어나 신의 경이(驚異) 보십시오.
아시나요, 신이 뭐라 명하셔서 구름 속 빛 번쩍이나?
아시나요, 평형으로 구름 뜬 것, 지식 인한 놀라운 일들?

남풍 불어 땅이 적막하면 당신 옷이 따뜻한 것 아시나요?
그분과 함께 부어 만든 거울처럼 구름들을 단단하게
두드려 펼 수 있나요?
그분에게 할 말 알려 주시지요, 우린 아둔하여 무슨 말을
할지 모릅니다.
내 말하는 것 그분에게 전해질 수 있겠나요? 그 누가
감히 말하고 삼켜지길 원하겠나요?

〔21-24〕

밝은 데서도 볼 수 없던 빛도 구름 사이 바람 지나치면
맑아지죠.
북쪽에서 금빛 나오니, 신께는 두려운 빛 있지요.
전능자는 헤아릴 수 없죠. 그분 권능 크고 공평하며, 의가
크나 보이지 않죠.
사람은 그분을 경외하되, 그분은 사람 마음속 지혜
살피지 않으시죠.

38 내가 땅의 기초 놓았을 때

신의 출두 1

〔1-7〕

그때 주, 욥에게 폭풍 중에 말씀하셨다.

무지한 말로 나의 계획 어둡게 한 자 누군가?

자, 사내답게 허리를 동여매고 묻는 말에 대답하라.

내가 땅의 기초 놓았을 때 너 어디 있었는가? 총명한
자라면 말해 보라.

누가 땅의 치수 재었는지 아는가? 누가 땅에 측량줄
놓았는지 너 아는가?

무엇 위에 그 주춧대가 세워졌고 누가 모퉁이돌
놓았느냐?

새벽별들 합창할 때, 누가 신의 모든 아들들로 하여금
환호하게 하는가?

〔8-11〕

바다 자궁에서 터질 때 누가 바다의 문 닫았느냐?

구름으로 바다의 옷 만들 때 암흑은 그 덮개였지.

그것 위해 질서 잡아 빗장과 문 정하여서 말하였지.

"여기까지 와도 그 이상은 안 되니 네 높은 파도 여기
머물라."

〔12-15〕

네가 날들에게 아침을 지명했나? 네가 새벽에게 자리

알렸는가?

땅의 네 모퉁이 움켜쥐고 악인들을 그 땅에서 밀쳤느냐?

그 땅이 인장 찍힌 진흙처럼 되고 옷처럼 위치 잡되

악인에겐 빛 가려져 도도한 팔 부러진다.

〔16-18〕

너는 샘솟는 바다 속에 가 보았느냐? 깊은 바다 심연을
걸어 보았느냐?

네게 죽음의 문이 벌어진 적 있느냐? 죽음 그늘의 문들
본 적 있느냐?

네가 땅의 넓이 헤아리겠느냐? 그 전부를 안다면 말해
보라.

〔19-24〕

빛이 머무는 길 어디이며 어둠의 자리 어디인가?

네가 그것을 경계 삼겠는가? 그 집의 통로 알겠는가?

네가 그때 출생하여 알고 있다면 네 날들은
엄청나겠구나!

빙고(氷庫)* 에 들어간 적 있는가? 우박 창고 본 적
있는가?

_____

• 눈을 모은 창고

115

나는 난국을 위해, 난리와 전쟁을 위해 아껴 두었다.
빛이 나뉘는 길, 동풍이 땅에서 분리되는 길 어디인가?

〔25-30〕

누가 홍수의 물꼬와 천둥번개 길을 트게 했는가?
누가 사람 없는 땅, 인적 없는 광야에 비를 내리게
했는가?
누가 메말라 황폐한 땅을 흡족하게 하여 풀이 돋게
했느냐?
비에게 아비가 있느냐? 누가 이슬방울을 낳게 했느냐?
얼음은 누구의 자궁에서 나왔으며, 하늘 서리는 누가
낳았느냐?
물도 돌처럼 딱딱해지니 깊은 바다 수면도 얼어붙는다.

〔31-33〕

북두칠성 별들을 네가 한데 묶을 수 있는가? 오리온 별들,
그 띠를 풀 수 있는가?
별자리를 때에 따라 끌어내고 큰곰 별을 그 아들들에게
인도할 수 있는가?
하늘의 질서를 아느냐? 그 땅에 법칙을 네가 놓았느냐?

너는 구름에까지 소리 질러 홍수가 네게 쏟아지게 할 수
있느냐?

번개를 빼내 주어 그것들이 네게 "우리 여기 있나이다."
말하게 시킬 수 있느냐?

마음속에 누가 지혜 두었는가? 가슴속에 누가 총명
주었는가?

구름들을 누가 지혜로 셀 수 있느냐? 하늘 수낭(水囊)을
누가 붓겠느냐?

먼지 모아 덩어리 만들 때 흙덩이가 서로 달라붙게 할 수
있겠느냐?

네가 암사자를 위해 먹이를 구해 올까? 젊은 사자들의
식욕을 채워 줄 수 있는가?

그것들이 굴 속에 웅크리고 숲에 숨어 앉아 있는데 네가
할 수 있을까?

새끼들이 먹을 것이 없어 신께 도움 원해 헤맬 때 누가
까마귀를 위해 그 새끼들에게 먹이를 마련하겠느냐?

39 내가 사막을 들나귀의 집으로 삼고
신의 출두 2

〔1-4〕

너는 들염소의 새끼 치는 시기를 아는가? 암사슴들이
새끼 치는 것을 본 일 있는가?

너는 그것들이 만삭되는 개월 수를 세어 보았느냐? 언제
새끼 낳는지 아느냐?

염소들은 무릎을 굽히고 새끼들을 낳아 산고를 치른다.

새끼들은 강해져 들에서 자라더니 나가서 돌아오지
않는다.

〔5-12〕

누가 들나귀를 자유롭게 풀어 놓았느냐? 누가 들나귀의
매인 줄을 끌러 주었느냐?

내가 사막을 들나귀의 집으로 삼고 소금땅을 그 거처로
삼았다.

들나귀는 성읍의 소란을 비웃고 나귀 치는 자*의 소리를
듣지 않는다.

들나귀는 자신의 초장 언덕을 두루 다니며 온갖 풀을
찾는다.

들소가 너를 받들려고 하겠느냐? 그것이 네 외양간에
투숙하겠느냐?

---

* 압제자

네가 들소를 줄로 묶어 고랑을 매게 하겠느냐? 그것이
너를 따라 골짜기를 일굴 수 있겠느냐?
  들소가 힘이 세다고 네가 그것에 의지하겠느냐? 네가 그
놈에게 힘든 일을 맡기겠느냐?
  들소가 네 수확을 거두어 타작 마당에 모을 거라고
확신할 수 있겠느냐?

〔13-18〕

  타조들은 학의 날개와 깃털 같은 것으로 즐겁게
날갯짓하지만
  땅에 그 알들을 버려두고 흙 위에서 뜨겁게 달구고
  그 알이 발에 부서지고 들짐승이 짓밟는 것은 잊고서
  자기 노력이 헛수고 되는 것도 염려하지 않고 자기
새끼들을 제 것이 아닌 양 함부로 대하니
  이는 신이 타조에게 지혜를 까먹게 하고 슬기를 주지
않았기 때문이다.
  하지만 몸을 세워 날개 칠 때는 말과 그 탄 자를 우습게
여긴다.

〔19-25〕

  말에게 너는 활력을 불어넣을 수 있는가? 너는 그 목에
갈기를 달 수 있는가?

네가 말을 메뚜기처럼 뛰게 했느냐? 그 위엄 찬 콧소리는
두려움을 준다.

골짜기에서 길을 찾아 힘차게 뛰니 사람의 무기도
무릅쓰고 무시한다.

말은 두려움을 모른 채 낙심하지 않으며 칼 앞에서
돌아서지도 않는다.

그 위에는 화살통과 번쩍거리는 장창과 단창이
덜커덕댄다.

흥분과 소란으로 땅을 삼키고 나팔소리에 가만 있지
못하고

나팔소리에 "힝힝"하고 소리 내며 멀리서 싸움 냄새를
맡고 지휘관들의 호령과 환성을 듣는다.

〔26-30〕

매가 높이 솟아 남쪽으로 날개를 펴는 게 너의 지혜인가?
독수리가 높이 떠서 둥지를 만드는 게 네 입 때문인가?
독수리는 절벽에 머무르니 험한 바위 요새에서 지낸다.
거기에서 먹이를 찾으니 멀리서도 알아보고
그 새끼는 피를 빨아먹고 사니 죽은 자들이 있는 곳엔
독수리가 있다.

40 네 팔이 신과 같겠느냐

신의 출두 3

〔1-9〕

주께서 욥에게 답하셨다.

투덜이가 전능자와 다툴 수 있겠는가? 신을 비난한 자는 답해 보라.

욥이 주님께 대답했다.

보십시오. 미천한 제가 당신께 무슨 말로 답하겠나요? 손으로 입을 막을 뿐이지요.

말씀 한 번 드렸지만 더는 말하지 못하겠습니다.

주께서 폭풍 중에 욥에게 대답했다.

자, 사내답게 허리를 동여매고 묻는 말에 답하여라.

너는 내 계획을 틀어지게 하려느냐? 네 의를 주장하려고 나를 악하다 하느냐?

네 팔이 신과 같겠느냐? 네가 신처럼 천둥소리 내겠느냐?

〔10-14〕

자, 위엄과 존귀로 단장하고 영광와 광채의 옷 입으라.

네 치미는 화를 누르고 모든 교만한 자를 살펴 겸손하게 하라.

모든 교만한 자를 살펴 복종케 하라. 악인들을 지금의 위치에서 짓밟아 보아라.

그들을 흙 속에 숨기고 그들의 얼굴을 그 숨긴 곳에 뉘여 보아라.

그러면 네 오른손이 너를 구원할 수 있다고 인정해 주마.

〔15-24〕

자, 내가 함께 만들었던 짐승*을 보아라. 그놈은 소처럼 풀을 뜯는다.

자, 보라, 허리에서 힘이 솟고 배 근육에서 정력이 흐른다.

백향목처럼 꼬리를 늘어뜨렸고 허벅지에 힘줄이 얽혀 있다.

사지는 무쇠로 된 통 같고 뼈는 쇠막대기 같다.

이놈은 신의 솜씨 중 최고이니 그것을 지은 자만 자신의 칼을 들고 다가갈 수 있다.

이놈을 위해 산들은 결실을 내고, 모든 들짐승이 거기서 뛰논다.

이놈은 연잎 아래에서 눕거나 갈대 늪의 가려진 곳에 누워 있으며

연잎이 그림자로 이놈을 가리고 냇가의 버들들이 감싸고 있다.

보라, 강이 위협해도 이놈은 놀라지 않고 요단 강물이 그 입으로 침범해도 천하태평.

이놈 앞에서 잡을 수 있고 갈고리로 코를 꿸 수 있는가?

• 베헤못

누가 이놈의 눈을 감겨 잡을 수 있으며, 누가 그 코에
갈고리를 꿸 수 있는가?

41 리워야단을 낚을 수 있는가
신의 출두 4

〔1-11〕

너는 낚시로 리워야단*을 낚을 수 있는가? 줄로 그 혀에 재갈 물릴 수 있느냐?**

너는 갈대로 코를 맬 수 있으며 갈고리로 그 턱 꿸 수 있느냐?

이놈이 네게 애원을 많이 하겠느냐? 네게 부드럽게 말하겠느냐?

이놈과 너는 계약을 맺고 너의 영원한 종으로 만들 수 있겠느냐?

네가 이놈과 새처럼 놀 수 있겠으며 끈으로 매어서 어린 여자아이에게 줄 수 있겠느냐?

동업자들이 이놈을 매매하고 상인들끼리 그것을 나눌 수 있겠느냐?

네가 창으로 이놈의 가죽을, 물고기 작살로 그 머리를 찌를 수 있겠느냐?

네 손을 이놈에게 올려 보라. 다시는 싸울 생각을 못할 것이다.

보라, 이놈에 대한 갈구는 쓸데없는 것이니 쳐다만 봐도 자빠지지 않겠느냐?

---

* 라바이어던.
** 줄로 그 혀를 지배할 수 있느냐?

누구도 이놈을 흥분시킬 만큼 포악하지 못하다. 내 앞에 설 자가 누구냐?

내 앞에 나오는 자는 내가 상대하리니 온 천하에 있는 것이 전부 내 것이다.

〔12-34〕

그 사지와 그 체구에 대해 말하여 이놈에 대한 평가에 침묵하지 않을 것이다.

누가 이놈의 겉옷을 벗길 수 있겠느냐? 누가 두 겹 비늘 사이를 뚫을 수 있겠느냐?

누가 이놈 면상의 아가리를 벌릴 수 있겠느냐? 이빨을 둘러 보면 겁만 날뿐.

비늘로 무장한 방패들이 이놈의 자랑이니 빠지지 않고 빽빽하게 박혀 있다.

하나씩 서로 연결되어 그 사이로는 바람 한 점 들어가지 못한다.

서로 달라붙어 꽉 잡고 있으니 떨어지지도 않는다.

이놈의 재채기에 빛이 번쩍하고 눈은 여명의 눈꺼풀 같다.

입에서는 횃불이 나오며 불꽃이 튄다.

콧구멍에서 연기가 나오는데 갈대로 솥을 끓일 때와 같구나.

입김이 숯불을 피우고 그 불꽃은 입에서 나온다.

목에는 힘이 있어 그 앞에서는 겁이 풍긴다.

살갗은 달라붙어 딱딱하니 움직이지 않는다.

심장은 돌처럼 단단하니 맷돌 아래짝 같다.

이놈이 일어나면 장수라도 다칠까 두려워 물러선다.

칼도 창이나 표창이나 투창이라도 소용없다.

쇠도 지푸라기로 여기고, 놋도 썩은 나무처럼 대한다.

화살도 이놈을 쫓아내지 못하며 무릿매 돌도 겨로
바뀐다.

방망이도 지푸라기에 불과하고, 이놈은 단창의 진동도
비웃는다.

이놈 밑바닥은 토기의 날카로운 조각 같아서 진흙 위에
타작기 흔적을 넓게 남긴다.

이놈은 깊은 물을 솥처럼 끓게 하고 바다를 보글대는
국처럼 만든다.

지나간 뒤 반짝이는 길이 생기니 깊은 바다를 백발로
만드는 것 같구나.

땅 위에는 이놈과 같은 것이 없으니 어떤 두려움도 없게
지어졌다.

이놈은 모든 높은 것들을 볼 수 있으니 우쭐대는 것들
위에 있는 왕이다.

42 티끌과 재 위에서
판결

〔1-6〕

욥이 주께 대답했다.

당신은 전능하시고 당신 계획에 불가능은 없다는 것을
깨달았습니다.

"무지한 말로 계획을 어둡게 하는 자가 누구냐?"라고
하셨지요. 이처럼 제가 깨닫지도 못하고 이해하지도
못하면서 말했습니다.

"너는 들어라 내가 말하리니 묻는 말에 대답하라."라고
하셨지요.

제가 당신에 대해 귀로 듣기만 했는데 이제는 눈으로도
보는군요.

할 수 없이* 티끌과 재 위에서 나를 탓하며 조아립니다.

〔7-9〕

주께서 욥에게 말씀하시고 난 후 데만 사람 엘리바스에게
말씀하셨다. "내가 너와 네 두 친구에게 진노했으니 나를
두고 내 종 욥처럼 바르게 말하지 않았기 때문이다.

이제 너희는 수소 일곱 마리와 숫양 일곱 마리를 갖고 내
종 욥에게 가라. 욥이 너희를 위해 제물을 바치고 너희를
위해 기도하게 하라. 내가 욥의 얼굴을 높여서 비록 너희가

---

* 히브리어로는 '그러므로(그래서)'라는 뜻이다.

나에 관해 내 종 욥처럼 바르게 말하지는 않았지만 너희를
어리석은 자들로 대하지 않을 것이다."

데만 사람 엘리바스와 수아 사람 빌닷과 나아마 사람
소발이 가서 주께서 그들에게 명한 대로 했고 주께서 욥의
얼굴을 높이셨다.

〔10-17〕

욥이 친구들을 위해 기도하자 주께서 욥을
회복시키셨으니 욥의 전부를 두 배로 갚으셨다.

욥의 형제와 자매 전부와 전부터 그를 알던 전부가
욥에게 와서 그의 집에서 함께 음식을 먹고 주께서 그에게
주신 온갖 재앙에 대해 욥을 불쌍히 여기고 위로하였다.
각각 은* 한 푼과 금귀고리 하나씩을 주었다.

주께서 욥의 이후를 이전보다 더욱 복되게 하시어 양
1만 4000마리, 낙타 6000마리, 소 1000겨리와 암나귀
1000마리가 있었고

또 욥에게 아들 일곱과 딸 셋이 있어

첫째 딸은 여미마, 둘째 딸은 굿시아, 셋째 딸은
게렌합북**이라 불렀다.

---

* 원문에는 '케시타'인데, 화폐 단위로 추정된다.
** 욥의 딸들 여미마, 굿시아, 게렌합북은 히브리어로 각각 '비둘기',
'계수나무 껍질'(계피), '눈 화장품'을 뜻한다.

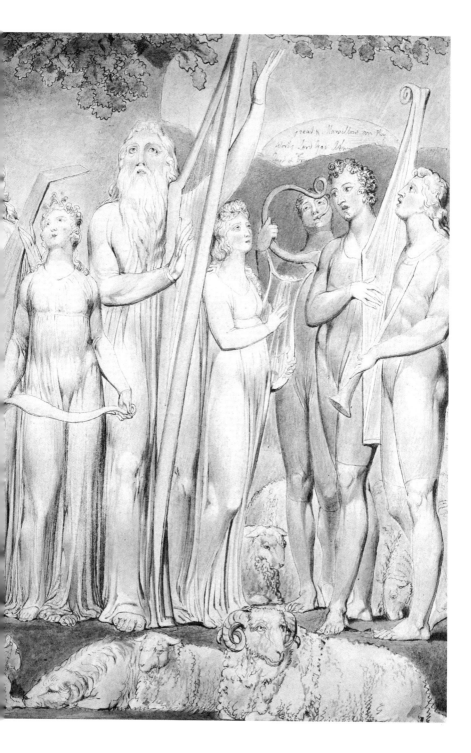

온 땅에 욥의 딸들만 한 미녀가 없었고, 딸들은
형제들처럼 아버지로부터 기업을 받았다.

욥이 이후에 140년을 더 살면서 아들들과 손자들을 사
대까지 보았다.

욥은 나이 들어 장수하다가 죽었다.

괴물 앞에 선 인간의 절규

김동훈

　지금도 전 세계에서는 테러와 전쟁, 기근 등 끔찍한 참사가
끊이질 않고 있으며 그로 인해 많은 사람들이 비극을 겪고
있다. "도대체 왜 이 끔찍한 고통을 무고한 자들이 당하는
것일까?"『욥의 노래』는 바로 이 질문을 신께 거듭 반복하고
있다. 이 노래가 일찍이 인간의 고달픈 운명을 시적 언어로
다루었기에, 토머스 칼라일은 "이처럼 문학적 가치가 있는 책은
없다."라고 극찬했으며, 빅토르 위고는 "인간 마음에 대하여 쓴
가장 위대한 걸작"이라고 평했다. 심지어 위고가『욥의 노래』의
등장인물들로부터 모티프를 얻어『레 미제라블』의 장발장과
자베르를 구성했다고 한다. 키르케고르는 욥에 대해 "시적
경지에 도달한 지극히 인간적인 시인"이라 표현했다. 또한 영국의
계관시인 앨프리드 테니슨은 "고대와 현대를 막론하고 모든 시
가운데 가장 위대한 시"라고 평했고, 독일의 신학자 게오르게
포렐은 "욥기는 단테의 작품과 괴테의 파우스트에 비견될 정도로
세계문학의 가장 중요한 작품의 하나"라고 말했다.[1]
　문학사에서 인간의 비극을 가장 먼저 문학의 형태로 드러낸
것이 희랍 비극시라고 한다면,『욥의 노래』는 이것과 쌍벽을
이루는 작품이다. 희랍의 3대 비극작가인 아이스킬로스,
소포클레스, 에우리피데스가 모두 비극의 주인공으로 내세운
자는 오이디푸스였다. 특히 희랍 비극시의 최고 절정기

---

1)　David J. A. Clines, "On the Poetic Achievement of the Book of Job,
Palabra, Prodige, Poesia",: *In Memoriam P. Luis Alonso Schökel*(Rome, 2003), p. 1.

작가인 소포클레스는 『오이디푸스』 3부작[2]을 만들어 인간의 비극을 극대화했다. 히브리 문학에서 오이디푸스와 같은 비극의 주인공이 바로 욥이다. 소포클레스는 『콜로노스의 오이디푸스』에서 오이디푸스가 신이 만들어 놓은 운명의 덫에 걸려들었을 뿐 그 자신은 어떤 죄도 없다고 주장한다. 그리고 종국에는 오이디푸스가 신과 화해하고 눈이 뽑힌 채 세상을 떠나게 된다. 소포클레스는 인간이 당하는 비극에 어떤 의미가 있다는 식의 해석[3]에 반대했으며, 비극을 절대 의미화할 수 없는 영역에 해당하는 것으로 생각했다. 그래서 소포클레스는 '비극이란 의미를 찾을 수 없는 고통이며, 전적으로 신의 개입으로 생긴 일'이라고 해석했다.

　『욥의 노래』에서 욥은 자신의 비극에 어떤 의미가 있다는 친구들의 합리화에 대항한다. 경건한 자가 종국에는 신의 복을 받는다는 친구들의 종교적 망상도 거부한다. 그리고 신과 담판을 지으려 조우한 후 신이 정해 준 운명에 자신을 내맡긴다. 이 점에서 『욥의 노래』는 성서문학의 시가서(詩歌書)[4]에서 나타나는 일반적인 주제와 다르다. 다른 시가서, 특히 「잠언」과 「전도서」가 기존의 종교적 질서와 규범을 따랐다면, 『욥의 노래』는 기존의 종교성과 다른 길을 가고 있기 때문이다. 『욥의 노래』는 키르케고르의 표현처럼 "무한한 자기 체념"에 도달하기까지 한 인간의 고달픈 여정을 그 내용으로 한다.

　이 여정에서 욥은 세 종류의 괴물 앞에서 절규하게 된다. 그 괴물은 다음과 같다.

---

2) 『오이디푸스 왕』, 『콜로노스의 오이디푸스』, 『안티고네』를 말한다.
3) 아이스킬로스는 비극에 어떤 의미 부여를 할 수 있다고 본다.
4) 구약성경은 율법서, 역사서, 시가서, 선지서로 구분된다. 시가서에는 「욥기」, 「시편」, 「잠언」, 「전도서」, 「아가서」의 다섯 권이 포함된다.

재앙이라는 괴물

『욥의 노래』에 제일 먼저 등장하는 괴물은 재앙이다. 이
괴물은 한 손에는 인간(스바 사람과 갈대아 사람)을 대동하고, 또
한 손에는 재해(신의 불, 세찬 바람)를 거느리고 욥의 아들딸들을
삼켜 버린다. 욥은 자녀들과 정이 없었던 아비도 아니고, 잔치가
끝날 때마다 다음 날 아침 일찍 눈을 떠 한 명 한 명 애지중지
기도하던 아들바보, 딸바보 아빠였다. 하지만 까닭 모를 괴물의
순간적 급습에 사리판단이 정지한 듯 욥은 반사적으로 신을
찬양한다.

> 욥, 일어나 옷을 찢고 삭발했다. 그리고 땅에 엎드려
> 예배했다.
> 그리고 입을 열어 말했다.
>
> "적신으로 나왔도다
> 내 애미 자궁에서
> 나는 간다 적신으로 저만치
>
> 주신 분도 주님이요
> 거두신 분도 주님이니
> 찬양하리 주의 이름"

이 반응에 놀란 괴물이 이번엔 욥의 온몸에 손을 댄다. "사탄
주의 면전에서 나가 욥을 치니, 악성 발진이 발끝에서 정수리로
가득했다." 그 몰골을 본 친구들은 "욥과 함께 이레 밤낮 입 못
떼니 비참함을 보았기 때문"(2장)이었다.

친구라는 이름의 괴물

『욥의 노래』에 두 번째 등장하는 괴물은 친구들이다.
'친구라는 이름의 괴물'은 전혀 어울리지 않는 단어 조합이지만,
이 괴물에게 입은 욥의 상처는 앞선 괴물보다 훨씬 더 크고 잘
아물지도 않는다. 재앙 앞에서 반사적으로 했던 욥의 찬양은 이
괴물의 냄새 나는 아가리 앞에서는 어디에서도 보이지 않는다.
　그런데 놀라운 사실은 그 친구들의 말이 하나도 그르지
않다는 점이다. 나름의 지혜도 있고, 나름의 종교성도 대단하게
담겨 있는 말들이었다. 사실 욥의 친구들은 좋은 사람들임에
틀림없다. 욥이 당한 고통을 듣고 먼길 마다하지 않고 욥을
찾아왔으며, 같이 목놓아 울었다. 친구들은 어떻게든 욥을
그 고통에서 벗어나게 하려고 자신들이 듣고 배웠던 지식을
총망라하여 욥에게 조언했다. 이레가 지난 시점에서, 처음에
입을 떼지 못하던 친구들은 드디어 이 끔찍한 사항을 정리하여
욥을 위로하려고 달려든다. 거기서 그들은 당대의 세련된 종교적
논리를 가지고 욥의 고통을 이해하려 한다.
　스머프 마을에는 모든 정보를 갖고 옳은 말만 하는
똘똘이스머프가 있다. 하지만 똘똘이스머프의 올바른 이론은
친구들의 가슴에 독침을 꽂기 일쑤였다. 욥에게 똘똘이스머프는
친구 엘리바스다. 이 괴물은 "부정을 밭 갈아 해악을 뿌리는 자는
그대로 거두지"(4장), "여보게, 신이 꾸짖는 자 행복한 것이네.
전능자의 교훈을 무시하지 말게. 상하게도 하지만 싸매기도
하시고 때리기도 하지만 그 손으로 낫게도 하시네."(5장)라는
논조로 계속 입김을 뱉어 낸다.
　이 말대로라면 엘리바스에게 고통의 의미란 신의 교훈인
셈이다. 엘리바스의 말은 듣기에는 아주 근사한 말이다. 하지만
엘리바스라는 괴물이 말하는 이 신은 '교훈'하기 위해 인간을
멋대로 주무르는 존재란 말인가?

144

친구라는 이름의 또 다른 괴물은 소발이다. 히브리어에서 '참새'라는 뜻의 소발은 참새처럼 잘도 재잘거린다. "자네 손에 거짓 있어 자네 집에 부정 없게 그것 집어 멀리 버려! 그때 자네 수치 없이 얼굴 들어 고백하고 두려움도 사라지리." 이 괴물은 욥과 그 집안이 숨겨 둔 죄(거짓, 부정) 때문에 고난을 받는다면서 이제 숨김 없이 '고백'하라고 협박한다.

이 친구가 괴물일 수밖에 없는 진면목이 여기서 드러난다. 소발이라는 괴물이 섬기는 신은 어떤 따뜻한 마음도 없이 권선징악에 빠진 신에 불과하다. 욥은 이런 소발의 말에 쓸데없는 의사라고 친구들을 물리친다. "자네들은 거짓 꾸며 쓸데없는 의사라네."

괴물 친구의 절정은 빌닷에게서 나타난다. '외침의 주인'이라는 이름 풀이답게 빌닷은 한바탕 떠들썩하게 열변을 토한다. "만약에 말야 자네가 순결하고 정직하면, 이제 그분께서 자네를 일으키시고 의로운 거처를 회복시켜 주실 것이네. 자네의 처음은 작지만 끝은 매우 크게 될 것이네."(8장)

악인들 빛 사그라져 그 불꽃은 빛도 없고
그 막사도 빛 잃으니 밝던 등불 꺼질걸세.
힘찬 걸음 좁아지고 조언조차 쓰러지네.
그 발 그물에 걸려 그물 위를 걸을걸세.
발뒤꿈치 덫에 빠져 올가미가 졸라맬걸.
땅엔 밧줄 숨겨지고 길목 함정 빠뜨리니
사방 재난이 두려움 몰고 그의 발을 추격하네.
기근으로 기력 잃고 옆구리를 노리는 재난.
상처 자리 살갗 뜯고 죽음 열매 삭신 후벼
의지하던 막사에서 끌려 나와 공포 왕에게로……
소속품은 남지 않고, 그의 거처 유황 가득
밑에서는 뿌리 마르고 위에서는 가지 꺾여

땅에서는 기억 숨고 거리에는 이름 불명(不明)
밝은 데서 어둠으로 밀려나니 세상 밖에 도망가네.
백성 가운데 아들 없고 후손 없어 거처에는 생존자도
없다네.
그 인생에 서쪽 사람 떨고 동쪽 사람 겁에 질려
이러한 일 부정한 자, 신 없는 자 집에 있으리.

(18 : 5–21)

친구 빌닷이 고통당하는 욥에게 던지는 말은 이제 거의
악담 수준이다. 그러자 욥이 대꾸한다. "언제까지 내 맘 긁으며
말로 나를 으깨려느냐? [……] 부당하다 울어 봐도 듣는 사람
하나 없고 도와달라 요청해도 열릴 재판 전혀 없네." 자신을
보고 어안이 벙벙하여 이레 동안 입을 열지 못하던 친구들이
악다구니를 놀리는 현실 앞에서 욥은 철저히 혼자가 된다.

"내 절친한 이들마저 가증하다 여기는데, 사랑하던
이들조차 등 돌리네.
나는 피골 상접하여 오직 잇몸만 남았구나. 불쌍하게
여겨 다오, 동정하라. 자네들은 내 친구니……
신의 손이 나를 쳤다.
너희마저 신인 양 왜 괴롭히나? 내 몰골로는 성이 차지
않는 건가?"

당대의 종교적 논리와 욥이 겪고 있는 무고한 자의 고통이
갈등을 일으킨다는 것은 비극 중의 비극이다. 이유도 뜻도
모르는 고통, 그것은 자식을 잃고 자신의 몸이 망가지고 재산을
잃은 것보다 훨씬 더 큰 고통이었다. 더욱이 욥이 자신의 결백을
굽히지 않자 빌닷에서 알 수 있듯이 욥이 당하는 고통의
이유에 대해 긴 해석을 내놓는 친구들의 말은 점점 거칠어지고

신경질적으로 변한다. 그러면 그럴수록 욥은 자신의 결백을
변호해 줄 증인이 더욱 절실해진다. 결국 신이 출두하게 된다.

신이라는 괴물

친구라는 괴물의 독침에 맞은 욥은 몸부림치며 그들마저
'신인 듯' 자신을 괴롭힌다고 불평한다. "손을 들어 내리눌러
신이 숨통 끊어 버리길! 그래야 위로되니, 심지어 발버둥 치며
기뻐하리라." 욥은 신의 손에 죽길 간구한다. 친구들만큼이나,
아니 그 이상으로 신에 대해 알고 있었던 욥에게 괴물은 이제 더
이상 재앙도, 친구도 아니었다. 바로 신 자신이었던 것이다.

말해 봤자 이 아픔이 줄어들지 않지마는 멈춘다고
무엇인들 달라질까?
지금 나를 그분께서 기진하게 하셨다네. 당신께서 내
식솔을 몰락케 하시고
나를 꼼짝 못하게 해, 초췌해진 내 모습이 나를 변호할
뿐.
그분의 진노로 나의 적들 나를 찢고 미워하며 이를
갈며 날카로운 눈초리로 나를 쳐다본다네.
입을 벌려 조롱하고 내 뺨 치며 함께 모여 때린다네,
나를.
부정한 손아귀에 신이 나를 넘기셨고 악한 자의
손아귀에 던지셨네.
평온한 나를 꺾어 목덜미를 부여잡고 산산조각
부숴뜨려 과녁으로 삼으셨네.
화살이 사방에서 날아와 내 장부를 사정없이 파고드니
내 담즙이 땅바닥에 쏟아졌네.
그것이 갈기갈기 나를 찢고 또 찢으며 용사처럼

달려드니

　　베옷을 꿰매어서 맨살에 걸치고 흙먼지 속에 박힌 내
뿔 묻고

　　우는 얼굴 핏빛 되고 눈꺼풀은 죽음 그늘 덮였다네.

　　그렇지만 내 손에 폭력은 하나 없고 내 기도는
명징(明澄)할 뿐.

　욥은 자신이 겪는 이 고통의 근원이 신이라고 밝힌다.
자녀들의 갑작스러운 사고사에 자기 옷을 찢으며 예배를
올리던(1장 20절) 대상인 그 신이 "갈기갈기 나를 찢고 또
찢"으신다. 욥을 위로하며 옷을 찢었던 그 친구들이(2장) 이제는
대적이 되어 욥을 찢는다. 하늘을 "맨땅 허공에다 매달"았던 그
신이 자신을 찢었기에 그의 희망은 매달 데가 없다. 욥의 모든
희망마저 찢어졌다.

　욥은 기형도처럼(기형도, 「정거장에서의 추억」) 미안할 필요도
없다. 자신을 찢은 당사자는 신이기 때문에 궁극적 희망은
찢어졌다. 욥은 울분을 토로했다. 신의 생각이 왜 이 따위냐고,
나와 맞짱 떠 보자고 제안한다. 자신의 맞수는 재앙이나 친구가
아니다. 이제 담판 지을 상대를 드디어 찾았으니, 바로 신이다.
친구들은 신을 응원한다. "그분이 다니시며 투옥하고 재판하면
그 누군들 돌이킬까?"(11장) 엄친아 엘리후도 신을 한몫 거든다.
"신은 악을 행치 않고 전능자는 재판 굽게 하지 않죠."(34장)

　하지만 신은 욥의 맞짱 제의에 침묵으로 일관한다. 마치
무(無)인 듯…… 속만 타들어가던 욥은 이제 포기 상태다.
"부당하다 울어 봐도 듣는 사람 하나 없고 도와달라 요청해도
열릴 재판 전혀 없네." 신을 완벽에 가까울 정도로 경외했던 욥,
그 신으로부터 "이자처럼 진실무위하고 신을 경외하여 악을 떠난
자 세상에 없어라."(1장)라고 인정받은 욥을 그 신이 대적에게
넘겼다.

주님 사탄에게 말했다. "자, 네 손 펴 그의 전부를 전부 치되 욥만은 제발 안 된다, 안 된다."[1장]

　　그 한 번의 위탁으로 욥은 애지중지하던 자녀들을 모두 잃는다. 그쯤 해도 신은 가히 폭력적인데, 한 단계 더 나아간다. '뼈와 살'을 치게 해달라는 사탄에게(2장) "자, 네 손에 맡기니, 그 목숨만은 유지하라."
　　욥을 그렇게 만들어 놓고도 억울함을 밝혀 달라는 욥의 울부짖음에 신은 아무 대꾸도 없다. 급기야 욥이 울며 호소한다.

　　　　두 가지만 제게 하지 마시지요. 그러시면 님 앞에서 저는 숨지 않겠어요.
　　　　님의 찬 손 옮기셔서 겁에 질려 떨지 않게 하시지요.
　　　　부르세요, 제가 당장 대답하죠. 아니라면 부를게요, 그때 대꾸하시기를.
　　　　저의 잘못 허물, 얼마만큼 되는지, 잘못 허물 제발 알게 하시지요.
　　　　왜 이렇게 님의 얼굴 숨기시고 저를 대적하시나요?
　　　　낙엽같이 약한 저를 위협하고 검불마냥 마른 저를 다그치시죠?
　　　　저를 향해 괴로운 일 남겨 두고 젊어 지은 죄의 대가 받게 하니
　　　　제 발목에 사슬 채워 제 가는 길 감시하고 발자국도 기억하죠.
　　　　낡아빠져 터지고 좀 먹은 옷깃마냥 저는 늙어 간답니다.

　　　　　　　　　　　　　　　　　　　　　　（13장 20-28절）

　　울며불며 매달리고 애원하고 아부하듯 간청하며 얼굴 한 번

보여 달라는 욥에게 신은 마치 사디스트처럼 군다. 신은 최고의
마조히스트를 사랑하는 것일까? 침묵의 괴물인가? 무반응에
대한 답답함이 괴기스러운가? 침묵이나 무반응이 두려운 게
아니라 그 신이 두렵다. 아니, 미운 것이다.

　다행히 신이란 괴물은 침묵의 방법을 고수하지는 않는다.
묵묵부답에 속이 터질 것 같은 답답함으로 한층 폭력을
가세하던 신이 입을 열었다. 이제야 좀 시원할 것 같다. 하지만 그
말은 비극을 겪고 있는 욥에게는 궤변에 불과하다. 아니, 이것은
가히 엽기적일 정도로 잔인하지 않은가.

'쥐라기 월드' 앞에서의 절규

　신의 입에서 나온 말은 자신이 만든 '세계'에 대한 보고였다.
그 세계는 하늘과 바람과 별과 땅이 나오고 구름이 나온다. 사자,
까마귀, 염소, 나귀, 들소, 타조, 말, 메뚜기, 매, 독수리가 살고,
신이 유전자 조작한 육식 공룡 리워야단(리바이어던)과 바다 공룡
베헤못이 살고 있다. 신은 이 두 짐승에게 특별히 애정이 많다.
너무 아낀 나머지 데려가 키우고 있는지, 현재 지상에는 없다.
하지만 이 두 짐승은 키메라임에 틀림없다. 신은 이 보고에서
입에 침이 마르게 장광설을 늘어놓는다.

　　이놈의 재채기에 빛이 번쩍하고 눈은 여명의 눈꺼풀
　같다.
　　입에서는 횃불이 나오며 불꽃이 튄다.
　　콧구멍에서 연기가 나오는데 갈대로 솥을 끓일 때와
　같구나.
　　입김이 숯불을 피우고 그 불꽃은 입에서 나온다.
　　목에는 힘이 있어 그 앞에서는 겁이 풍긴다.
　　살갗은 달라붙어 딱딱하니 움직이지 않는다.

심장은 돌처럼 단단하니 맷돌 아래짝 같다.
이놈이 일어나면 장수라도 다칠까 두려워 물러선다.
칼도 창이나 표창이나 투창이라도 소용없다.
쇠도 지푸라기로 여기고, 놋도 썩은 나무처럼 대한다.
화살도 이놈을 쫓아내지 못하며 무릿매 돌도 겨로
바뀐다.
　방망이도 지푸라기에 불과하고, 이놈은 단창의 진동도
비웃는다.
　이놈 밑바닥은 토기의 날카로운 조각 같아서 진흙 위에
타작기 흔적을 넓게 남긴다.
　이놈은 깊은 물을 솥처럼 끓게 하고 바다를 보글대는
국처럼 만든다.
　지나간 뒤 반짝이는 길이 생기니 깊은 바다를 백발로
만드는 것 같구나.
　땅 위에는 이놈과 같은 것이 없으니 어떤 두려움도
없게 지어졌다.
　이놈은 모든 높은 것들을 볼 수 있으니 우쭐대는 것들
위에 있는 왕이다. [41장]

　이것으로 신의 변은 끝났다. 하지만 신의 쥐라기 월드에 인간은
없었다. 신의 '쥐라기 월드' 보고에서 욥에게 계속 쏟아지는
질문이 있다. "아느냐?" "할 수 있겠느냐?" 그 질문 공세에 나올
수밖에 없는 대답은 뻔하다. "모릅니다, 할 수 없습니다." 이게
무슨 개수작인가? 인간은 우리 앞에 놓여 있는 세계를 알 수도
없고, 할 수도 없는 존재인데…… 그래서 그 세계는 알 수도
없고, 제어할 수도 없어서 사나운 짐승이며 가장 괴기스러운
괴물인데. 그 월드 안에서 인간은 절규하며 깜짝 놀라 얼어
있어도 신만이 자유롭다. 욥은 알 수도, 할 수도 없는 이 세계가
신에겐 자유로운 월드다. 이쯤 되어서야 무지무능한 욥이

전지전능한 신 앞에서 최후 변론을 한다.

> 제가 당신에 대해 귀로 듣기만 했는데 이제는 눈으로도
> 보는군요.
> 할 수 없이 티끌과 재 위에서 나를 탓하며 조아립니다.
> (42장)

신과 대결하는 욥은 머리를 조아리며 자신에게 이런 운명을 준
신에게 끝내 항복하고 만다.

한번 비교해 보자. 친구들은 신(이 준 고통)을 자신들의 가르침과
확신 속에서 해석하여 결국 자신들의 합리성 안에 신을 가두어
버린다. 친구들은 신과 대결한 것이 아니라 아예 신을 자신의
원리 안에 감금해 버렸다. 고통을 합리화하려는 친구들의 시도는
자신들에게나 의미 있을 뿐이지 고통당하는 욥에게는 끔찍할
뿐이다. 그 고난 해석은 욥에게 철저하게 무의미하고 낯선 것이다.
하지만 욥은 고통을 맹목적으로 합리화하여 신을 감금하는
방식이 아니라 신과 대결하여 그런 운명을 준 신과 만난다.
그리고 자신의 비극을 자기 몫으로 받아들인다. 욥은 그 운명
앞에서 극단적인 자기 체념을 한다. 그리고 나서는 욥의 재앙,
친구, 신과 자연이라는 괴물이 더 이상 욥에게 절규의 대상이
되지 못한다.

그렇다면 비극에 대한 친구들과 욥의 두 반응에 대해 신은
어떤 판결을 내렸을까?

> 주께서 욥에게 말씀하시고 난 후 데만 사람
> 엘리바스에게 말씀하셨다. "내가 너와 네 두 친구에게
> 진노했으니 나를 두고 내 종 욥처럼 바르게 말하지 않았기
> 때문이다.
> 이제 너희는 수소 일곱 마리와 숫양 일곱 마리를 갖고

내 종 욥에게 가라. 욥이 너희를 위해 제물을 바치고
너희를 위해 기도하게 하라. 내가 욥의 얼굴을 높여서
비록 너희가 나에 관해 내 종 욥처럼 바르게 말하지는
않았지만 너희를 어리석은 자들로 대하지 않을 것이다."

데만 사람 엘리바스와 수아 사람 빌닷과 나아마 사람 소발이
가서 주께서 그들에게 명한 대로 했고 주께서 욥의 얼굴을
높이셨다.(42장)

신은 친구들을 책망하고 욥을 인정하면서 욥을 친구들의
사제적 중재자로 삼는다. 이렇게 신이 욥의 손을 들어주면서
비극에 대한 혈투는 일단락된다. 신은 왜 욥에게 판정승을
내리는 것일까? 그 어떤 논리로도 해명할 수 없었던 비극에 빠진
욥은 고통의 합리화에 편하게 타협하지 않았고 그 고통에 지쳐
쓰러지지도 않았기 때문이다. 그는 신과 대면하기 위해 신의
출두를 호령하면서 종교가 거부하는 길이자 신과 대결하는
길을 선택했다. 가장 비극적인 욥은 그 길이 어떨지도 모르는
위험에도 불구하고, 자신의 비극적 삶을 어깨에 메고 질질 끌고
가 반항하듯 하나의 제물처럼 신 앞에 나아갔다. 그리고 끝내
머리를 숙였다. 이런 극단적인 자기 체념이 다시 살아갈 희망을
준다는 게 분명 생의 신비임에 틀림없다. 이 신비는 종교인들의
논리와 교리에 대한 단호한 거부이자, 그들의 딱딱한 언어가 아닌
시어를 통해서만 표출이 가능하다. 욥은 죄 없이 고난당하고
가난한 사람들의 시어를 더없이 깊은 차원에서 가장 먼저 토해
낸 자였다. 욥은 그들의 시와 노래, 그리고 끝내 포기하지 않는
생에 대한 애착을 보여 준다. 그렇기에 욥은 가난하고 병들고
무고하게 고통받는 사람들을 대표하게 된다.

요약하자면 『욥의 노래』가 독자들에게 던지는 메시지는 두
가지 차원에서 생각하게 된다.

하나는 고난당하는 자의 측면에서 욥을 생각하는 경우다. 욥은 자신의 비극을 극한까지 몰고 가 완전한 자기 체념에 이른다. 그 후에야 욥은 자신의 운명을 받아들이고 비로소 완전한 자유를 누릴 수 있었다. 욥은 엄청난 괴물을 만났다고 좌절하기보다 그동안 한 번도 알지 못하고, 통제할 수도 없는 이 새로운 세계와 대결하려 했다. 그 굳은 결의로 한 밤 한 밤 절규하면서 그 괴물을 운명의 한 부분으로 받아들이고서야 고통이 종결되었다. 그렇다면 자신의 비극에 순응하는 것이 『욥의 노래』가 주는 메시지의 전부일까? 그렇지 않다. 더 중요한 메시지가 있다. 사실 욥의 자기 체념은 몇 절에 할애되지만 이 시의 대부분은 친구들의 언행을 지루하리만치 길게 말해주고 있다. 그래서 또 다른 차원, 하지만 더 중요한 차원을 생각하게 한다. 이 노래가 고난당하는 자에 대한 주위 사람들, 고난당하는 자에 대한 우리의 자세에 집중하게 만든다는 점이다. 욥의 친구들은 끊임없이 신을 정당화하기 위해 욥의 고통을 합리화한다. 하지만 그렇게 함으로써 그들은 욥에 대한 자신들의 책무를 회피한다. 『욥의 노래』는 이 땅에서 고통 받는 이들에 대한 우리의 연대 책임을 통해 종교적 합리화를 극복하는 것이 비극적 생의 무한한 신비를 맛볼 수 있는 유일한 통로임을 일깨운다. 결국 『욥의 노래』는 비극의 주인공이 된 이들 뿐만 아니라 그들에 대한 우리의 책임이라는 메시지를 진하게 잔향으로 남기고 있다.

이 시가 지금 더욱 소중한 이유는 무엇일까. 지상의 그 어디보다 아픈 사람이 많은 이 땅에 살면서 우리는 그들에게 과연 어떤 친구가 되었으며, 될 것인지, 그리고 지금 이 순간 나는 어떤 친구인지 성찰하게 해 주는 그 울림 때문이다.

세계시인선 3   욥의 노래

1판 1쇄 펴냄 2016년 5월 19일
1판 4쇄 펴냄 2024년 2월 8일

옮긴이   김동훈
발행인   박근섭, 박상준
펴낸곳   (주)민음사

출판등록   1966. 5. 19. (제16-490호)
주소   서울시 강남구 도산대로1길 62
            강남출판문화센터 5층 (06027)
대표전화   02-515-2000   팩시밀리 02-515-2007

www.minumsa.com

ⓒ 김동훈, 2016. Printed in Seoul, Korea

ISBN 978-89-374-7503-0 (04800)
        978-89-374-7500-9 (세트)